Coragem não tem cor

Esta é a versão modificada pela autora do texto *De tanto bater, meu coração se cansou*, publicado pela Editora Moderna em 2006.

Coragem não tem cor
© Marcia Kupstas, 2013

Gerente editorial Fabricio Waltrick
Editora Lígia Azevedo
Editora assistente Carla Bitelli
Estagiária Luciane Yasawa
Coordenadora de revisão Ivany Picasso Batista
Revisoras Helena Dias, Cátia de Almeida

ARTE
Projeto gráfico Elisa von Randow
Coordenadora de arte Soraia Scarpa
Assistente de arte Thatiana Kalaes
Estagiária Izabela Zucarelli
Diagramação Acqua Estúdio Gráfico
Tratamento de imagem Cesar Wolf, Fernanda Crevin

Crédito das imagens p. 154 e 155: acervo pessoal; demais fotos: Renato Parada

CIP-BRASIL. CATALOGAÇÃO NA PUBLICAÇÃO
SINDICATO NACIONAL DOS EDITORES DE LIVROS, RJ

K98c

Kupstas, Marcia, 1957-
    Coragem não tem cor / Marcia Kupstas ; ilustração João Pinheiro.
– 1 ed. – São Paulo: Ática, 2013.
    160p. : il. – (Marcia Kupstas)

    Inclui apêndice
    ISBN 978-85-08-16479-0

    1. Literatura infantojuvenil brasileira. I. Pinheiro, João.
II. Título. III. Série.

13-00423
                                              CDD: 028.5
                                              CDU: 087.5

ISBN 978 85 08 16479-0 (aluno)
ISBN 978 85 08 16840-6 (professor)
CAE: 277654
Código da obra CL 738499

2022
1ª edição
10ª impressão
Impressão e acabamento: Vox Gráfica

Todos os direitos reservados pela Editora Ática S.A., 2013
Avenida das Nações Unidas, 7221 — CEP 05425-902 — São Paulo, SP
Atendimento ao cliente: (0xx11)4003-3061 — atendimento@aticascipione.com.br
www.aticascipione.com.br

IMPORTANTE: Ao comprar um livro, você remunera e reconhece o trabalho do autor e o de muitos outros profissionais envolvidos na produção editorial e na comercialização das obras: editores, revisores, diagramadores, ilustradores, gráficos, divulgadores, distribuidores, livreiros, entre outros. Ajude-nos a combater a cópia ilegal! Ela gera desemprego, prejudica a difusão da cultura e encarece os livros que você compra.

MARCIA KUPSTAS

Coragem não tem cor

Ilustrações de João Pinheiro

editora ática

CORAGEM NÃO TEM COR não é uma história de amor. Não é um livro sobre a amizade nem sobre a família, mas, sim, sobre valores, limites, princípios que devem nortear a vida das pessoas.

Se tivesse de escolher uma só palavra para definir esta obra, seria *ética*. Ela foi escrita num momento particularmente difícil de minha vida: vivenciava uma situação de preconceito na família e, profissionalmente, acabara de sair de uma escola de elite, que me fizera um convite aparentemente irrecusável, mas que na prática mostrava um cotidiano muito diferente daquilo que defendia na teoria.

Essas duas vivências foram o embrião do livro. Procurei criar personagens fortes, em situações tensas e que pudessem refletir sobre calúnia, preconceito, egoísmo, ascensão social e educação. Nas entrelinhas da trama, coloca-se a questão: como aproveitar a oportunidade sem "perder a alma"?

Ao escrever a história, quis que seu enredo ampliasse a leitura, versando sobre sentimentos complexos como a tolerância, a solidariedade, a justiça. O resultado é este livro que você tem em mãos.

Espero que goste!

Um abraço,
Marcia Kupstas

SUMÁRIO

CAPÍTULO 1	09
CAPÍTULO 2	16
CAPÍTULO 3	27
CAPÍTULO 4	33
CAPÍTULO 5	44
CAPÍTULO 6	50
CAPÍTULO 7	65
CAPÍTULO 8	71
CAPÍTULO 9	82
CAPÍTULO 10	93
CAPÍTULO 11	103
CAPÍTULO 12	111
CAPÍTULO 13	119
CAPÍTULO 14	126
CAPÍTULO 15	142
CAPÍTULO 16	149
OS SONHOS DE MARCIA KUPSTAS	153

Capítulo 1

O HOMEM ALTO FALAVA havia uns cinco minutos. Chegou uma hora que Edna parou de ouvir e começou a prestar atenção na mosca. Uma mosca num lugar como aquele parecia quase obsceno — por onde ela teria andado? Edna se sentia tão cansada... Tentou prestar atenção: "No meu primeiro ano de Brasil, procurei muito por tio Pierre", dizia ele.

A mosca pousou numa flor que enfeitava o caixão. Andou lentamente pela pétala de uma margarida e depois sobre a mão do defunto. Fascinada, Edna viu o inseto mexer as perninhas para trás e depois alçar um voo pesado, pegajoso. Pousou na testa do interlocutor de Edna e, por muito pouco, ela não desfechou um tapaço na cabeça dele.

— Então, senhor Leo... o senhor é parente do meu pai?

— Non, non é Leo, madame, meu nome é Leon. — Deu uma breve risadinha e explicou melhor: — Leon, o bicho *leon*, mas petetico, inofensivo... Padre Leon.

Edna manteve o rosto reto porque, de repente, veio uma imensa vontade de rir. E, se desse risada *naquela hora*, ah!, soltava tudo: o nojo da mosca em velório, o sotaque do gringo se apresentando como sobrinho do falecido e até a piadinha esquisita, de ele se nomear um "leãozinho", mas sem conseguir pronunciar o "ão", dizendo "Leon, o bicho *leon*, mas petetico", o que soava mais ridículo ainda porque, se o tal Leon quisesse mostrar as garras, teria tamanho para isso, com seus dois metros de altura.

— Está entendendo? Edna, *non*? Tentei localizar tio Pierre, muito e muito tempo. Mas tinha só um velho endereço. Fiz visita rápida naquele bairro e, como me disseram, ele agora morava nessa outra ponta da cidade...
— Aqui já nem é outro bairro. É outra cidade mesmo.
— Oh, *oui*, claro, mas entende? A vida vai levando... Se soubesse, oh, tio Pierre tão mal! Se Deus desse a chance de ver titio antes.
E se calou.
Mas ele não era do tipo de suportar o silêncio por muito tempo. Então voltou a atacar:
— Dois anos aqui em Brasil e acabei sem ver titio. Só agora, assim, por acaso. O consulado viu obituário de cidadão francês e telefonou para a abadia. Outro padre perguntou se Daveaux não era meu nome, disse que sim, fui ver e... era mesmo titio. Morto!
Apontou para o caixão, deu um suspiro fundo.
Edna não sabia bem o que pensar. Estava há 17 horas sem dormir, e a exaustão a fazia ver as coisas desfocadas. Ou não? Não era mesmo o caso de rir, ridículo e risível, o seu pai Pierre, ou velho Pi, ou Gringo Mé, ex-hippie, bebadão, frequentador assíduo do terreiro de umbanda da tia Nena, descobrir depois de morto um sobrinho francês e *padre*?
— Seu Leão, mas o que o senhor está querendo da gente, afinal? Está certo, meu pai era seu tio, o seu pai nunca mais viu o meu pai desde que o velho Pi saiu da França pra mais de quarenta anos, a vida vai levando, paciência. E agora?
— Agora eu quero ajudar.
— Não é um pouco tarde pra isso? Meu pai já morreu.
— Ajudar a senhora, que é minha prima. Seus filhos. A senhora tem dois garotos, *non*?
— Tenho uma filha mais velha também.
— Sim, claro... Mas vi os dois lá fora. *Son* jovens. E eu sou de uma ordem que tem escolas, uma grande e boa escola em *Son* Paulo, capital. Eles podiam estudar lá, entende? Um futuro melhor.
— Futuro melhor...?
— Para os netos do meu tio Pierre. Por que *non*? Ajudar os parentes.
— Ele sorriu e tinha dentes grandes e chamativos, como suas mãos. — Somos parentes, Edna, *non*? Primos!
Edna desceu o olhar, do rosto do estranho para seus próprios braços escuros e para os dele, avermelhados na pele e na cor dos pelos. Paren-

tes?, pensou. Era isso então? A voz do sangue? Será que aquele francês era só um tolo generoso ou ingênuo demais? Tinha ideia de que periferia de Osasco eles estavam? Tinha ideia de que a coroa de flores que havia trazido como homenagem devia ser quase o preço do enterro todo, que ela pagaria em prestação? Acreditava mesmo que oferecendo bolsa de estudos para seus meninos ia trazer um futuro melhor, classe média, felicidade e fortuna para os Daveaux, de agora em diante?

— Preciso pensar. Isso tudo é muito novo para mim.

Benjamim e Lúcio entraram na sala de velório, o padre se animou. Apontou-os com a cabeça:

— Posso conversar com eles? Com os seus filhos?

— Fale com quem quiser.

O padre abordou os rapazes. Benjamim e Lúcio não eram baixos e, mesmo assim, diminuíram diante do primo.

Edna se jogou pesadamente num banco ao lado do defunto. Olhou para o rosto cor de cera, os lábios tão finos do velho Pi, pressionados numa linha arroxeada. Parecia sorrir... De quê? Da peça que pregava na família, morrendo em hora tão imprópria, quando, afinal, Edna conseguira acertar suas últimas dívidas no boteco? Ou estava mesmo se divertindo com aquele sobrinho tão caxias e bem-intencionado? Se os dois tivessem se encontrado cara a cara, duvidava muito que o padreco continuasse com intenções de ajudar. O velho Pi ainda dava uma mordida na carteira dele, gastava o que podia em doidice e depois...

Saiu dessas ideias maldosas com a chegada de seu filho mais velho, Lúcio. Abriu espaço para ele no banco de madeira.

— Que papo é esse, mãe? Quem é esse cara?

— Ele não contou pra vocês? É nosso primo.

— Ahn!

— É o que ele diz. Padre francês. Leon.

— "Leon, o bicho leon, mas petetico" — arremedou.

A mãe riu.

— Falou isso pra vocês também?

— Foi como começou a conversa. Falou de uma bolsa de estudos. No Colégio Vitória de São Bernardo. O Covisbe.

— O que é isso?

— Não sabe, mãe? É um dos melhores colégios de São Paulo. E dos mais caros. No bairro do Marati.

— Longe à beça também.
— Nem tanto. Se pegar o trem, a umas oito estações de casa já tem a divisa do bairro.
— Lúcio, não me diga que você está pensando nisso! Num colégio desses, tem de estudar mesmo, e eu lá tenho dinheiro para...
— O padre disse que tá limpo. Ele e a ordem dele bancam tudo. Livros e condução.
Mãe e filho se calaram. Ficaram em silêncio olhando para a porta, onde Leon e Benjamim conversavam. Não ouviam a conversa, mas o rapaz tinha os olhos muito brilhantes. O padre pareceu finalmente desvestir a pose de parente infeliz e enfatizava a falta de vocabulário gesticulando largamente.
— Parece que se dão bem — disse a mãe.
— E por que não? Não são primos?
Edna sentiu a revolta subindo do estômago.
— Primos?! O que deu em você, Lúcio? Perdeu o senso de realidade agora? Justo você? Dá pra confiar nessa gente? Isso é papo furado. O cara teve dois anos para achar o tio e nem tentou ou, se tentou, sei lá, foi sem empenho. Agora ficou com dor na consciência, viu que vocês têm idade de estudo na escola lá deles e vem com o quê? Caridade, dar uma de bonzinho pra cima da gente? Minha vontade é mandar esse padre catar coquinho.
A voz de Lúcio veio equilibrada. Quase doce:
— E se for verdade, mãe? E daí, se for caridade? O padre que se lasque, que vá, sim, catar coquinho... Mas e ele? — Apontou o defunto.
— Será que o seu pai não deve nada pra gente?
— Como assim?
— Mãe, não se faça de besta. O velho Pi foi uma praga na vida de todo mundo! Safado, bêbado, preguiçoso, mentiroso, fez da sua vida um inferno um tempão... E se agora, depois de morto, virar bonzinho? Nunca vi vantagem em ter avô gringo, mas e se isso conta ponto com os padres? Por que não aceitar o que o primo oferece? Se você quer recusar, por orgulho, fale por você. Mas pense na gente também.
Conforme o filho falava, Edna sentia os olhos pesarem. Quando a lágrima escorreu pela bochecha, não aguentou.
— Vou ao banheiro.
Correu entre pessoas, tropeçou numa cadeira, empurrou uma moça que conversava com outra à porta do sanitário feminino e só dentro do

reservado, isolada do mundo em sua revolta e vergonha, pôde soltar o choro junto com o gemido tão-e-tão profundo...
— Aaah, pai... O que você fez sua vida inteira, pai?
Sentou na tampa fechada da privada, colocou o rosto entre as mãos, desabafou no choro. E lembrou.

Pierre Daveaux largou a vida certinha e os estudos do seu país desenvolvido para vagabundear pelo planeta, como tantos jovens que aderiram ao "pé na estrada" nos anos 1970. Fascinou-se com o "jeitinho", o artesanato e a miscigenação brasileiros e colaborou no que pôde nesses aspectos da cultura nacional. Passou do haxixe para a maconha e para a cachaça com grande facilidade; morou em todas as repúblicas estudantis com uma carteirinha fajuta da Universidade de Sorbonne; vendeu artesanato duvidoso como hippie em praça pública; amasiou-se com umas quatro ou cinco mulheres, todas negras ou mulatas; teve alguns filhos sabe-se-lá-onde; acabou fixando residência, já meio comido de excessos de álcool e fracassos, na casa de Edna, assumida filha mais velha que ele teve com dona Yolanda. Era um papo divertido quando não caía em depressão ou paranoia (esteve um breve período na cadeia do Dops no começo dos anos 1980, confundido com terrorista), e havia uns bons dez anos dependia financeiramente apenas dessa filha. Dividia o teto com os três netos e um bisneto, a ex--quase eterna esposa Yolanda (essa foi outra que o largou, se aventurou, fracassou e também acabou na guarda de Edna), além dos dois cachorros vira-latas e um papagaio que falava palavrões em francês. E assim foi até morrer.
— Pai, pai, pai... Você nunca vai me deixar em paz, não é, pai? Até depois de morto, você...

Pensou em dizer "você me envergonha", mas parou. Respirou fundo, o possível num lugar como aquele, sem ofender suas narinas. Não, desta vez o velho Pi não a envergonhava. Pelo contrário, ele trazia um parente bem de vida. Um padre. Um homem de fé e de boas intenções. Que oferecia um futuro diferente se não para ela — Edna, funcionária pública concursada, que se orgulhava de nunca ter feito uma dívida no próprio nome, mas vivia limpando a sujeira dos outros —, para seus filhos. Por que não?

— Benjamim merece — disse Edna, puxando o papel higiênico para limpar os olhos. — É um bom menino. Estudioso.

"Um tanto frágil", pensou. "Confiante demais." Agora, e se Lúcio ajudasse? Lúcio era outro tipo de gente. Podia parecer com o irmão na altura e no formato de rosto, mas tinha puxado a cor mais escura de pele e a dureza de alma de Norberto, o pai deles. Aquela mesma noção de justiça. Que mistura de sentimentos, que confusão... Edna gemeu de novo, suspirou. Se o marido ainda estivesse vivo, traria mais rumo nas decisões. Certamente, Norberto saberia conversar com o padre, explicar sua situação, colocar limites nos meninos. Mas tinha morrido num acidente havia dez anos... E ela? Ficou naquela confusão de gente, de parentes, de decisões. Nunca Edna, com 39 anos e aparência responsável demais, se sentiu tão fraca. Tão indecisa.

Mas o filho tinha razão. Se aquele seu pai francês deu tão pouco em vida, por que dispensar sua ajuda agora, como defunto?

Edna levantou a tampa da privada. Como a água estava amarelada de urina, pensou que a descarga não funcionava, mas funcionou. Então constatou que as mulheres que usavam o banheiro do velório deviam ter o condicionamento da economia doméstica: "só puxe descarga se precisar mesmo, nunca esbanje água", afinal, naqueles bairros, a água vivia faltando. Não era essa a regra em seu próprio lar?

"O que o padre ia pensar se soubesse disso?", refletiu. "Dessa mesquinharia de gente tão pobre, que vive com falta de tanta coisa?"

Quando voltou ao salão principal, conferiu a hora num relógio de parede: 6h14. O pior e mais solitário período da madrugada já passara; agora conhecidos e vizinhos começavam a chegar. O enterro estava marcado para as nove horas da manhã. Procurou pelos filhos; eles e outras pessoas cercavam o padre. Leon não usava batina, só calça jeans e um paletó escuro, mas se destacava igualmente... Edna pensou e sorriu, "parece uma pitanga madura no meio de jabuticaba".

Era uma novidade, aquele parente de tão boa aparência. Amigos de farra do velho Pi elogiavam bobagens do defunto, e mesmo sua mãe, Yolanda, tinha um sorrisinho sedutor em cima do tal Leon.

Edna fez um gesto discreto, Lúcio se aproximou.

— Se eu aceitar... Quer dizer, se esse padre quiser mesmo ajudar e essa bolsa de estudos for pra valer...

— Hum...?

— Quer dizer, se tudo isso for verdade. A escola, tão boa. Sem despesa pra mim. Um estudo garantido, um futuro para vocês...

— Fala logo, mãe! Aonde você quer chegar?

— Lúcio, eu aceito isso, mas quero que você também vá pra lá, que você faça o ensino médio e acompanhe o seu irmão.

Lúcio abriu um sorriso de lábios úmidos, o cacoete de passar a língua pela ponta dos dentes, gesto tão familiar que trouxe uma lembrança dolorida para Edna, do marido falecido.

— Mas é claro que eu vou, mamãe! Você acha que eu ia perder a chance de ver como é que rico vive? Faço questão de estudar no Covisbe. Pode até ser divertido...

Capítulo 2

O REITOR PAUL-JACQUES TENTAVA não mais apertar o clique da caneta. Largou-a sobre a madeira escura num repelão e colocou uma expressão séria no rosto.

Era um homem pequeno e afunilado, com a calva se esticando para cima, e de lábios e nariz pontudos, apontados para a frente. Como muitos homens pequenos diante de grandes, tentava manter a autoridade sem se acovardar ou abusar do cargo, ouvindo com neutralidade a explanação esfuziante de padre Leon.

— E os meninos agora estão aí fora. Quero tanto que o senhor os conheça. Os netos de meu tio Pierre! Meu tio, que os Daveaux sempre deram por perdido... Quanto que papai falava dele.

— Lembro, sim, logo que você chegou ao Brasil, Leon, você tentou e...

— Sim, sim, eu tentei achar a família. Mas agora encontrei. Titio morto, pena, Deus quis assim. Mas meus primos... dois garotos.

— Estão aí fora, não é? — O reitor voltou a pegar a caneta, discretamente.

— Sim, sim. Posso fazê-los entrar?

— Espere. Quero saber um pouco mais sobre eles.

— Estou às ordens. O que o senhor quiser saber. O mais velho se chama Lúcio Daveaux de Assis, tem 18 anos, parou de estudar depois do ensino fundamental.

Diante da tentativa de interrupção, Leon aumentou o tom de voz e disparou a falar um francês muito ligeiro, justificando:

— Não é tão complicado assim, senhor reitor. Ele nem chega a estar fora da faixa de idade para o primeiro ano do ensino médio. Temos outros alunos que repetiram em outras escolas antes de virem para cá ou que moraram em países com ensino oficial destoante das normas brasileiras. Aceitar alguém com 18 anos não é tão irregular. E o caçula, ah, o caçula é o Benjamim Daveaux de Assis, 16 anos, já está praticamente aprovado para o segundo ano na escola pública, e olhe que ainda estamos em setembro, fechou todas as matérias antes do último bimestre. É muito inteligente, se o senhor conversar com eles, vai ver que os meninos...

Na verdade, o reitor *já vira* os meninos. Enquanto deixava o padre Leon e seus familiares na sala de espera, acionou o circuito interno de TV e avaliou os rapazes.

Eram saudáveis e altos para o padrão brasileiro. Simpáticos até, pensou o reitor. O mais novo chegava a ter olhos verdes, acentuando a sua ascendência europeia. O mais velho parecia mais calado e um tanto ríspido no trato com o padre Leon, mas, ah, que Deus o perdoasse!, *até ele* mesmo tinha pouca paciência com seu companheiro de irmandade quando disparava em entusiasmos verborrágicos. A questão nem era esta: os meninos. Era a escola. Eram os pais dos *outros* meninos.

Não havia crianças negras estudando no Covisbe? Uma meia dúzia, entre os 1.200 alunos. O filho do cônsul de Barbados. O sobrinho de um apresentador de televisão. A neta de um grande empresário, que tinha a guarda da menina depois que o filho desmiolado se separou de uma modelo de prestígio internacional. Outros mais ou menos morenos, que não se destacavam tanto. O reitor Paul-Jacques não era racista. Era realista.

— Leon, eu sei que seus primos são bons meninos. Merecem uma chance, claro! Mas o ensino aqui é puxado.

— Veja, senhor reitor. Mesmo sem pedir autorização, tomei a liberdade de lhes aplicar um teste.

Impetuoso, Leon saiu da cadeira e colocou as várias folhas de prova diante de Paul-Jacques. O homenzinho puxou devagar os óculos da gaveta e conferiu o resultado.

Era o Exame Nacional do Ensino Médio, uma prova ministrada pelo Ministério da Educação para avaliar o desempenho das escolas brasileiras e que também ganhou a função de vestibular unificado. E o resultado do Covisbe na prova decepcionava profundamente o reitor. Apesar das altíssimas mensalidades cobradas, do nível socioeconômico das famílias dos alunos e dos bons salários para os professores, seu corpo discente amargava uma classificação mediana.

O exame de Lúcio indicava uma nota regular: 6,75. Já o resultado de Benjamim era ótimo: 9,2.

— Não pense que fui eu que apliquei o teste ou que o corrigi. Pedi a ajuda do padre Homero, ele deu as notas sem sequer saber o nome dos rapazes. No escuro.

— No escuro — resmungou o reitor, folheando as provas e devolvendo-as ao entusiasmado irmão. — Mas, Leon, tem outra coisa... Eles podem ser esforçados e o Benjamim, é esse o nome?, parece mesmo ser um aluno acima da média, que merece uma bolsa. Mas nossos alunos do ensino médio passam de seis a oito horas na escola. Será que esses meninos podem ficar tanto tempo aqui? E existem outros gastos! Livros, por exemplo.

— O irmão Lucas não coordena o Projeto do Livro Reciclável? É fácil colocar o nome dos dois na lista.

— Sim, é verdade. Mas há despesas de roupa, alimentação. Onde eles moram? Não é fora de São Paulo?

— Podem vir de trem até o centro do bairro. Lá, passa o ônibus da escola, que já traz outros alunos também. — Leon respirou fundo, dobrou as provas, ergueu os ombros o mais possível, numa expressão irritada e conclusiva. — Senhor reitor, se existirem outras despesas de meus parentes, eu mesmo arco com elas. Alimentação, uniforme. Agora, se o senhor está dizendo tudo isso para impedir que esses meninos tenham uma boa chance, eu vou, desculpe, senhor — Leon se empertigou mais ainda, como um militar recorrendo a alguma instância superior —, mas vou colocar a questão na próxima reunião geral da irmandade, quando se discutir o sistema de cotas no Covisbe.

Era o que o reitor temia. A Ordem Vitória de São Bernardo tinha longa tradição educacional. As escolas bernardinas espalhavam-se por mais de trinta países, e o Covisbe era uma das joias dessa coroa. Uma coroa bem rica... Essas escolas costumavam ficar bem acima do padrão econômico da maioria dos habitantes. Um movimento de oposição crescia dentro da ordem; era gente que defendia a inclusão de alunos de baixa renda nos quadros escolares.

— Você sabe que eu não sou contra a presença de alunos carentes na nossa escola.

— Ainda bem, senhor reitor. É uma região bem pobre. O Marati tem essa fama de bairro de rico, mas nem 2% daqui são mansões. O resto, desculpe a palavra, é uma miséria desgraçada, senhor reitor.

— Não fomos nós que fizemos a miséria, padre Leon. O que nós fizemos é uma grande escola. — O reitor recomeçou a clicar furiosamente a caneta. — De reconhecimento internacional!

— Exato. Por isso mesmo deveria dar chance para os mais desafortunados. E não só para famílias que podem pagar mil dólares por mês. Até mais, como calculou o irmão Homero na última reunião.

— O que você quer dizer com isso? — O clique-clique da caneta esganiçou-se num *crac* de plástico quebrando, mas mesmo assim Paul-Jacques não parou de mover o dedo. — Existe algum... pecado em oferecer escola boa a quem pode pagar?

— Não, senhor. O pecado *não é* fazer uma escola de elite. O pecado *é* só oferecer escola para a elite econômica. Por que não ter uma elite intelectual? — O padre Leon chacoalhou as folhas das provas no ar. — É isso que eu posso levar para o conselho no próximo mês.

Paul-Jacques suspirou fundo. Desgostoso, recolheu as partes divididas da caneta e as jogou no lixo ao lado da mesa.

— Nossa ordem tem uma ótima escola de ensino médio em Presidente Prudente. Também é para a elite da região, mas a sua clientela conta com famílias de classe média; oferece até curso profissionalizante! Seus parentes podiam se sair melhor lá. Ser mais felizes.

— Com gente do tipo deles? É o que o senhor quer dizer, senhor reitor?

Paul-Jacques quase confirmou, "sim, com gente de cor igual à deles, o que você está pensando, Leon, que utopia idiota é esta, vai consertar o mundo nas costas de seus priminhos?", mas *quase* falou. Alisou de novo a calva, mais devagar. "Não sou racista, não sou mesmo racista." E concluiu amargamente: "Sou realista".

— Está mesmo decidido a trazer seus primos para estudarem aqui no Covisbe, padre Leon?

— Sem dúvida.

Enquanto a decisão do futuro deles se resolvia atrás das portas da reitoria, Lúcio e Benjamim esperavam por Leon no hall de entrada. O primo pediu que eles não se afastassem dali e era o que faziam. Sentados nos macios sofás, folheavam o jornal do Covisbe ou encaravam o quadro a óleo de são Bernardo, o patrono da escola.
— Olha, Lúcio. Computação, robótica e francês são matérias obrigatórias.
— Francês era de se esperar, né, Benja? A escola é deles.
— Tem horário também para natação, música e artes plásticas. — Benjamim se animava, mostrando uma matéria no jornal. — Ó, ó... Cursos optativos. — Leu, vagaroso: — "Cinema, a linguagem universal. Teoria e prática". Tem curso de prática em instrumentos musicais, e o aluno pode escolher entre violão, violino, piano ou flauta doce... Tem curso de astronomia avançada e...
— Precisa disso? Esse povo já vive no mundo da lua! — Lúcio ironizou.
— Que bicho te mordeu, Lúcio? Pra que tanto mau humor? O que é isso, inveja?
— Inveja do quê? Da grana deles ou da dos pais deles? Ah, deixa pra lá. Já vi que você vestiu mesmo a camisa dessa escola do nosso primo francês.

Um irmão quase ia revidar com grossura; o outro, certamente atacaria de ironia, mas calaram-se, emburrados. Benjamim mergulhou na leitura do jornal e Lúcio, na observação do quadro do patrono.

Até prestou atenção na pintura. Um emblema dourado, que misturava a cruz e a espada, sobre o quadro do santo. E, se era um santo, era dos guerreiros. São Bernardo estava retratado como um soldado medieval, de cota de malha e espada com o fio para baixo, entre os pés. Um rosto quadrado e viril, fartos bigodes. O retrato era de um homem, um lutador. Lúcio simpatizou com o santo. Fez uma reza silenciosa: "São Bernardo que eu desconhecia, dai-nos proteção. Que meu irmão não se empolgue demais e fique bobo e que eu não me deixe vencer pela inveja e pelo rancor. Amém".

Foi depois de ter rezado que Lúcio percebeu que usara a palavra *inveja*. Era isso, então, o que sentia? Invejava o conforto daquele prédio elegante, as poltronas, a piscina que viam pela enorme janela da varanda, as múltiplas quadras esportivas mais além, até um bosque rodeando a escola? Era saber que tudo aquilo existia para alguns poucos? E que, para gente como ele, restava dar graças a Deus quando a escola pública tinha um laboratório que era pouco mais do que depósito de sucata?

Suspirou fundo. Completou a reza: "Que eu não perca minha alma, são Bernardo. E nem meu irmão. De novo, amém".

Foi quando chegou o padre Leon.

— Meninos, tudo certo!

— Então a gente vai estudar aqui? Aceitaram a gente?

— Duvidava disso, Benjamim? Duvidava de seu talento? O reitor ficou entusiasmado com seu teste.

Lúcio sentiu a mentira na voz do primo, mas calou. Leon parecia afogueado demais, gaguejante e otimista demais para ter acertado a matrícula dos parentes assim, na maior.

— Benjamim fica no segundo ano. Teve boas notas na escola pública, mostrou bom resultado no teste, está com a idade certa. Mas...

— Eles não me querem aqui, é isso?

— Non, Lúcio. Você também foi aceito. Mas fica no primeiro ano.

— Até aí, tá limpo.

— Agora me acompanhem que o reitor quer conhecer vocês.

Trinta e oito anos trabalhando com educação e com adolescentes deram ao padre Paul-Jacques a segurança de que podia confiar em seu julgamento de almas. Mesmo em avaliações à primeira vista.

Não gostou de Lúcio. A palma da mão do rapaz estava seca quando se cumprimentaram. Mantinha um riso nos lábios sempre úmidos, brilhantes. Não baixava a vista; ao contrário, olhava ligeiro e dissimulado para todos os lados, analisando. O reitor se sentiu quase indignado ao perceber que Lúcio fazia com ele o mesmo que ele fazia com o garoto: os dois se mediam, feito adversários.

— É um prazer, é uma honra, conhecer o senhor — disse Benjamim, retirando a mão úmida do cumprimento. — Nossa, estudar no Covisbe é um sonho que nunca imaginei realizar na vida!

"Um bom menino", concluiu Paul-Jacques. "Reconhece as oportunidades. Sabe o valor da gratidão."

— Padre Leon mostrou seu teste. Benjamim, você nos surpreendeu.

Um sorriso meio encabulado. "Olhos bonitos, verde-água", pensou o reitor e se espantou com a descoberta de que Benjamim era na verdade muito bonito. Não previra o que poderia acontecer se alguma aluna especialmente rica ou de família influente se interessasse por ele. "Uma coisa de cada vez", concluiu, suspirando. "Não se precipite."

— Já conheceram o prédio? Leon já os levou para passear por aí?

Leon se mantinha um tanto afastado, em expectativa muda. Parecia um cachorro grande à espera de comando. Pulou adiante com a chance de responder por eles:

— *Non*, senhor reitor, ainda *non*. Primeiro queria essa entrevista, o senhor conhecer os meninos, agora vamos conhecer tudo, tudo, aqui do Covisbe, vamos...

O reitor falou direto com os rapazes:

— Vocês sabem, há matérias específicas em nosso colégio. Coisas diferentes de outras escolas. Há o curso de natação, mas nisso vocês devem ter algum rudimento de técnica... Pelo menos devem saber boiar, não é? E temos também francês. A maioria dos alunos já está em curso avançado do idioma, mas existem aulas extras de reforço, depende do empenho de vocês, para alcançarem os colegas. Nunca estudaram francês?

Benjamim moveu a cabeça na negativa e Lúcio se antecipou:

— Padre, de francês eu só conheço uma musiquinha. — E cantarolou, num sotaque horrendo mas perfeitamente compreensível: — *"Frère Jacques, frère Jacques, dormez-vous? Dormez-vous? Sonnez les matines! Sonnez les matines! Din, dan, don..."*

Padre Leon animou-se:

— Oh, uma *canção* infantil! Que beleza, Lúcio, conhecer isso, uma *canção* ingênua. — E repetiu com o primo: — *Din, dan, don...*

"Ingênuo, o escambau", pensou Paul-Jacques, enfrentando o olhar duro do garoto, enquanto "Frère Jacques" era repetida pelos dois. "O safado percebeu, sei lá como, o quanto eu detesto que cantem essa musiquinha com meu nome e está é me provocando."

— Está bem, está bem, não é hora de música — falou em francês para Leon. — Leve esses garotos para conhecer a escola e veja logo a documentação necessária para a matrícula no ano que vem. — E para os jovens, em português: — Bom dia, até outra ocasião.

O reitor foi para sua poltrona e agarrou uma nova caneta sobre a mesa. Mesmo com a porta grossa cerrada atrás deles, conseguia ouvir "Frère Jacques" cantarolada lá fora (agora sim, ingenuamente!) até pelo irmão mais novo, Benjamim.

— Meu Deus, meu Deus, isso não vai dar certo — resmungou.

Duas horas depois, Leon encerrava a visita conduzindo os primos para o refeitório principal do Covisbe.

— Nossa, todo dia o pessoal come aqui? — surpreendeu-se Benjamim.

— Oui. Além das aulas regulares pela manhã, há disciplinas no horário vespertino. A maioria dos alunos almoça aqui. — Leon mostrou o cardápio com duas opções de prato quente e apontou o bufê de saladas e frutas.

Belos quadros pelas paredes, louça de inox e porcelana no bandejão, máquina com suco e refrigerante à vontade.

— Eu acho bonito à beça — disse Lúcio. — O padre é que nem deve mais ligar, acostumou! Vivendo na França...

— Eu? — Leon gargalhou. — Por quê? Acham que na França isso é assim *ton* comum?

— E não é? — Lúcio pediu o frango grelhado para a balconista, serviu-se fartamente de salada. — Primeiro Mundo...

Leon também pediu frango. Continuava sorrindo, divertido.

— Ah, mas Covisbe é de Primeiro Mundo. Até demais, na minha *opinion*. Tudo isso, tanta coisa! Sabem quantos alunos estudam aqui?

Lúcio arriscou:

— Uns três mil?

— Mil e duzentos — falou Leon. — E metade na unidade infantil, do outro lado da casa paroquial.

— E tudo, tudo isso aqui pra tão pouca gente? — Benjamim revelava surpresa. — Meu colégio estadual tem a metade desse tamanho e o dobro de alunos!

Pegaram as bandejas e seguiram para uma mesa de quatro lugares. Leon continuou falando:

— Estudei em escola pública. Toda a vida. É verdade, tem qualidade de estudo, meus professores tinham o Capes — *Certificat d'aptitude au professorat de l'enseignement du second degré*, como nomeou em francês e depois não soube detalhar —, mas nada desse luxo daqui. Ensino competente, *non* ostensivo.

— Pensei que os franceses fossem ricos — provocou Lúcio.

— Ricos? Ah, ah... Existem franceses ricos, *bien tout*. Mas *non* minha família. — Foi comendo com apetite. — Gente simples, do campo... da região de Moyon. Terras da família, cultivam trigo. Uma casa antiga... Muita gente, pouco espaço. Tenho 37 anos e, quando era pequeno, assim 5 ou 6 anos, dormia na cama do vovô. *Non* do lado Daveaux da família, era o pai de *ma mère*. Isso assim, por dois anos.

— Até parece nossa casa! — lembrou Benja.

Nessa hora, chegou o padre Lucas carregando uma caixa, que colocou ao lado da mesa e foi logo cumprimentando, com sotaque nordestino:

— Vixe, meninos, que isso é pesado! Irmão Leon, tudo bem? Esses são seus sobrinhos?

— *Mes cousines*. — Leon explicou: — Meus primos Lúcio e Benjamim.

Cumprimentaram-se. Lucas apontou para a caixa:

— Gente, arrumei! Tá tudo aí. — Riu para os garotos e explicou: — O Leon pediu os livros do ano que vem pra vocês. E como sou eu que aceito as doações e reciclo o material, já arranjei tudo. E aí, a comida tá boa?

Lucas foi se servir no bufê e Lúcio continuou o assunto:

— Desculpe, Leon, mas não entendo. Tanto se fala de países desenvolvidos e subdesenvolvidos... Cadê a diferença?

— Veja bem, Lúcio. — Leon afastou os talheres, procurava as palavras. — Gente rica e gente pobre tem em todo lugar. O que não tem em França é miserável, como ainda se vê em Brasil. *Distribuiçon* de renda em Brasil é vergonha. Regiões de Brasil *son* absolutamente miseráveis...

— Eita, que a conversa tá arretada! — brincou padre Lucas, arrebanhando a batina e se sentando na cadeira como um caubói. Ao contrário de Leon, que optava por jeans e camisa comuns, o colega andava com a batina cinza da ordem.

Lúcio insistiu:

— Mas o que vocês têm a mais? Casas maiores, mais carros, conforto, grana? O que há de especial?

— França é do tamanho de Minas Gerais, meninos! País antigo. Em França, serviços públicos funcionam, leis funcionam, tem justiça social, reforma agrária, entendem? Pequenas propriedades *eston* há duzentos anos com famílias. Como em minha casa. Mas *non* há tuuuuuuuuuuudo para toooooooooooooooooooodos, isso é utopia! — Suspirou, cansado de caçar vocabulário em português, voltou-se para Lucas e disparou em francês: — Por Deus, explique você o que é utopia para esses curiosos, senão hoje não termino o almoço!

— Meninos, mesmo correndo o risco de apanhar do Leon, e olha que o primo de vocês é grande, não sabe?, eu ia dizer que algumas coisas funcionam na França porque os franceses fizeram uma revolução que...

E Lucas se "protegeu" na cadeira diante da verborrágica investida de Leon, os dois falando em "portufrês", se é que existia tal idioma, e volta e meia pediam a opinião de Lúcio ou Benjamim, mas sem darem tempo de eles optarem. No fim, padre Lucas desistiu da disputa, terminou o almoço depressa e se afastou, sorridente.

— Querem uma carona, meninos? — perguntou Leon. — Posso pedir o carro do padre Homero emprestado.

Benjamim ia aceitar, Lúcio interveio:

— Muito obrigado, primo, mas você já fez demais pela gente. É melhor conhecer o caminho direito.

Dividiram os livros entre eles e, dois quarteirões abaixo, Benjamim reclamou:

— Que deu em você? Com esse calor carregar livro, pegar ônibus, depois trem...

— Vai por mim. A melhor coisa que a gente faz é manter distância desses caras.

Pararam no ponto.

— Poxa, Lúcio! Os padres parecem bem legais. Politizados, querem mudar as coisas...

— Gente boa, o Leon e aquele amigo dele. Mas e o reitor? O Covisbe todo, essa riqueza enorme que até o Leon acha exagerada? Vai receber a gente de braços abertos? Pega leve, Benja. É melhor... — lembrou o provérbio e fez o sinal para o ônibus — confiar desconfiando.

"Pessimista", murmurou Benjamim, sentando num banco traseiro do ônibus. Mergulhou nos livros que o padre Lucas havia arrumado e quase não conversou com o irmão até chegar em casa.

Capítulo 3

— TÁ COM MEDO?
— Por quê? Parece que eu estou com medo?
— Desculpe falar assim, mas tá na sua cara...
— Como assim? Por acaso o medo gruda na cara? Bota um cartaz na testa, "este cara está com medo", é isso?
— Benja, se eu disser que você está até meio amarelo, você vai acreditar?

Benjamim riu. Riso nervoso. Aceitou o abraço-meio-tapa-nas-costas e suspirou:
— Até aqui, tá limpo.
— Até aqui, a gente só pegou o trem e chegou na praça. É de agora em diante que as coisas complicam.
— Quando o busão do Covisbe pegar a gente.
— Faltam dez minutos pra ele passar.
— Com os alunos do Covisbe dentro.
— O que tem? Vão estar com o mesmo uniforme que nós.
— Mas o que eles podem pensar da gente?

Lúcio riu.
— Então é disso que você tem medo? Do que eles vão pensar da gente? Poxa, Benja. Não me decepcione. Pensei que o medo era por você. Por enfrentar desafio, escola nova, matéria difícil, professor durão... E o seu medo é de uns caras aí, mais bundões que a gente?

— Eles não são como a gente.
— Como é que você sabe? Por acaso eles têm cinco olhos e dez braços? E em vez de... — Lúcio apontou para o meio das pernas — será que os caras têm uma berinjela de dois metros?
De novo o riso tenso, que pareceu um pouco menos agudo dessa vez. Lúcio desabotoou a camisa, procurou pelo cordão no pescoço, mostrou o berloque para o irmão.
— Você sabe o que é isso, Benja?
— É uma peça de jogo. Daquele jogo que a gente comprava no mercado e ia juntando. Vinha no pacote de salgadinho.
— Certo. Você mesmo deve ter um monte disso enfiado pelas gavetas. Foi moda há uma pá de tempo entre a molecada. Mas este aqui... — Lúcio apertou com força a mão em torno da figura cor de chumbo — este aqui é diferente. É o Monstrinho Medonhento.
— Como assim?
— Acho que eu não cheguei a contar isso antes. O pai morreu tem uns dez anos, mas, quando eu estava aí pelos 7 anos, tinha muito medo das coisas. Medo de dormir no escuro, de subir em árvore e cair, de pedalar bicicleta alta. De me dar mal numa prova de escola ou de que os outros meninos não fossem com a minha cara. Aí, o pai me contou a história do Monstrinho Medonhento. Vou contar pra você...

De repente apareceu lá na floresta um bicho novo. O bicho se meteu numa toca, numa caverna, e ninguém viu como o bicho era. Ele passava o dia inteiro lá dentro e de fora só se ouviam uns ruídos... Sei lá, parecia trovão, grito, rugido. E deu que todo mundo na floresta começou a imaginar como seria o bicho. E a ficar com medo dele. Chamaram de Medonhento. Cada um via o tal Medonhento como uma coisa horrorosa, entende?

Então, para o Coelho, o Medonhento parecia uma cobra. Uma cobra especializada em devorar coelhos. Para a Cobra, o Medonhento era tal e qual o Texugo, que caça cobras. Até pelo e focinho de texugo o Medonhento tinha. Um Gato achava que o Medonhento era um cachorro peludo e de dentes fortes. E o Cachorro, ah, esse tinha certeza de que o Medonhento só podia ser um Leão.

— Está entendendo, cara? Cada um via o Medonhento como o seu bicho-papão e todo mundo ficava com mais e mais medo dele...
— E aí? — Benjamim se divertia com a troca de papéis. Geralmente era ele quem lia ou contava histórias para o irmão mais velho.

Aí que apareceu um bicho mais corajoso. Nem lembro direito qual era o bicho corajoso, isso nem importa tanto, mas vamos dizer que foi um Papai. O Papai apareceu e pegou tooooooooooodo aquele mundaréu de bichos assustados e acendeu a luz na toca e botou todo mundo cara a cara com o Bicho Medonhento. Sabe o que aconteceu? Sabe como era o tal Bicho que apavorava todo mundo? Benjamim moveu a cabeça, negando. E Lúcio abriu a mão e apresentou a peça miúda de jogo.

— Era isso. Essa coisinha aqui. Pequenininha e inofensiva. Bobinha. Mas como ninguém tinha visto, cada um aumentava... E a imaginação piorava as coisas e assustava mais e mais. Entendeu? Entendeu aonde eu quero chegar?

De rabo de olho, Benjamim viu o ônibus virar a esquina.

— Que é para eu parar de imaginar coisa, deixar de frescura e encarar o que der e vier no Covisbe?

— É isso aí.

— Então vamos entrar que é o nosso ônibus.

Não deu três paradas, em que mais e mais alunos subiram, para a loirinha sentada no banco da frente puxar papo com eles.

— Vocês são os alunos novos, né? São irmãos e são também os primos do padre Leon... É isso?

— É isso aí — confirmou Lúcio.

A loirinha se virou de vez para o banco traseiro e encarou fixamente os irmãos.

— Vocês não se parecem com ele. Quer dizer, com o padre.

— A gente tomou mais sol — riu Lúcio.

E ela adorou a piada. Gargalhou. Catou na bolsa um cartão e um celular, passou o papel pra eles e pediu uma pose.

— O que é isso? — Benja ergueu o cartão, que dava o endereço de um site, *www.toca-da-tati.com.br*.

— Eu sou a Tati. Prazer — falava e usava o celular como máquina fotográfica. — Tatiana, mas os amigos me chamam de Tati. Como eu sei que a gente vai ser amigos, podem já me chamar assim. E vocês são...?

Disseram os nomes e sorriram para a foto. A garota mostrou depois, no visor, como eles tinham saído "o máximo" e explicou:

— No meu site tem uma seção sobre o Covisbe. Pronto! Daqui a pouco, vocês estão lá, no *Novidades da Escola*.

— Poxa, mas você é fofoqueira, hein? — disse Lúcio.

Ela não se ofendeu.

— Mais ou menos, mas não sacaneio ninguém. — Virou-se para Benjamim. — Qual é a sua classe?

— Segundo ano B.

— Opa, mas é a minha! Que bom. Aluno novo, afinal! Sabe que tem mais de três anos que eu estudo sempre com a mesma turma, nunca entra ninguém de fora? É uma chatice. Seu irmão também?

— Não, ele está no primeiro D.

— Querem chiclete? Sabe que dentro da sala não pode mascar, né? Se eles flagram, lá vem advertência... Aliás, tem papelzinho pra tudo. Um ponto, advertência. O professor anota o que você fez, você assina. Se juntar cinco advertências, tem de levar pra casa para o pai assinar. Se passar de dez, aí o Relatório de Advertência, ou RA, vira Relatório de Punição, ou RP. Aí, sim, a coisa complica. Mãe ou pai tem de aparecer na escola. E a gente ouve um monte também... Nunca recebi nenhum RP. Nem RA por causa de chiclete. E eu adoro chiclete! Então, sabe como eu faço? Masco e masco aqui fora, antes da aula. E entro com o chiclete já amaciado na sala. Lá dentro, boto a cara bem reta e bem séria, só dou uma mordidinha de vez em quando, na hora em que a aula está chata e o professor fica de costas pra gente. Nunca me deram um flagrante.

O ônibus fez nova parada e subiram duas garotas. A mais alta e bonita tinha olhos castanhos e longos cabelos da mesma cor. Cumprimentou Tati com dois beijinhos e já foi apresentada.

— Essa é a Victoria, mas acho que ela também deixa vocês chamarem de Vicki, né mesmo?

— Tati! Mas o que...

— Estou te apresentando pra eles! Esses são os alunos novos. Os primos do padre Leon. O mais quietão é o Lúcio e o de olhos verdes aí é o Benja. Ele caiu na mesma classe que a gente! Até que enfim um gato assim mais...

A garota de cabelo comprido soltou um olhar feroz para a loirinha e depois deu um "oi" um tanto tímido para os Daveaux. Virou-se na poltrona e logo deixou claro que tinha grandes e importantes assuntos para tratar com a amiga e elas se ajeitaram no banco, em conversas cochichadas.

Lúcio exibiu o amuleto para o irmão, sorrindo.

— Monstrinho Medonhento, Benja... Não se esqueça nunca do Monstrinho Medonhento. O bicho mais horrível está na sua cabeça.

Primeira semana de aulas. Horário novo. Vida nova. Acertar rotina. Não naufragar nos primeiros desafios.

No primeiro andar, os primeiros anos. Uma, duas, três portas. A sala de aula. A disputa mais ou menos vigiada pelas carteiras favoritas. Onde um novato pode ou deve se sentar? Folhas e mais folhas. De horário. De regras do estabelecimento. Calendário escolar. Feriados emendados (*quais e quando??*). Datas de provas. Provas bimestrais. Provas por matéria específica. Prazo final de entrega de notas. Um monte de palavras em destaque, observações em letras miúdas (*caso o aluno não justifique falta em dia de prova bimestral, haverá a cobrança de uma taxa extra para a prova substitutiva*).

As aulas. Nomes, matérias e associar nomes, rostos e matérias. A professora de 50 anos, cabelos ruivos e curtos e cara de anoréxica, lecionava química, mas a magrela de cabelo grisalho era de literatura e os nomes... Qual delas afinal de contas era a professora Sandra? E entre os dois gorduchos, o mais careca era o professor de geografia e o mais baixinho era o de história, ou o contrário?

No segundo andar, os segundos anos; a sala B era a penúltima do fim do corredor. Não esquecer que o banheiro era longe, no andar de baixo, e que o funcionário de disciplina (mas que os alunos chamariam eternamente de bedel) conferia quantos segundos se levava para fazer um xixi. E *ai dele, RA na hora,* se o aluno autorizado demorasse mais do que esses segundinhos no uso do reservado.

E havia as aulas fora da sala. Informática. Akira, professor oriental e sorridente, falava legal em "informatês". Azar o seu em desconhecer o idioma. Anote. Anote sempre, tudo. Pergunte depois.

Aula de francês, conversação. Um cubículo com um fone de ouvido e microfone. Repita depois que ouvir, com atenção. Cuidado com a pronúncia. Fale direito, menino! Tome prumo, menino! Não deixe *nunca* que debochem de você.

Onde ficavam as quadras? Qual o horário mesmo de educação física para a turma B? Educação física não se faz com uniforme, onde está seu moletom? Não trouxe, mas trouxe calção? Por hoje, serve. Teste de capacitação física. Correndo, pessoal, correndo por cinco minutos... Vamos, vamos, ritmo, não parem, nunca parem, vamos, vamos, VAMOS! E agora? Onde vai se trocar, mas como? Não sabe onde ficam os vestiários? Siga a turma, vamos, vamos, cara!

E Benjamim esqueceu o sabonete. E não tinha desodorante. E agora? Ficar até as quatro da tarde sem banho? Sentava no fundo da sala, o tempo passava logo, passava sim, e da próxima vez, ah, da próxima vez, juro que nunca mais esqueço de trazer toalha, sabonete e desodorante em dia de educação física. Juro, juro, juro!

Promessa. Promessa é pra amanhã, não resolve o hoje. E no hoje...

Risadinhas. Narizes para cima, olhares pesados na nuca enquanto ele caminhava até a carteira. Linha de suor escorrendo pela testa, o que fazer? Explicar, dar explicação que esqueci, não lembrei de banho, de vestiário, desodorante? Dar satisfação por estar assim suado? Pedir desculpa, desculpa do quê, de ser gente nova, mas gente nova não tem de aprender na porrada, sempre foi assim, todo lugar é assim, é o mundo, fique na sua, quieto, quieto, sempre muito e muito bem quieto.

"Monstrinho Medonhento, Monstrinho Medonhento, Monstrinho Medonhento", pensava Benja. "Não, meu irmão. Tem vez que o Monstrinho não é faz de conta, tem vez que a gente entra mesmo na toca do bicho e descobre que ele existe e é maior, bem maior, do que na imaginação."

Era um e era o outro. Era um dia e outro, depois. Quietos. Quando pegavam o trem, frases curtas: "Tudo bem com você?", "Tudo". "Muito difícil?", "O esperado". "Tá cansado?", "Tô morto".

Aperto de mãos, *mano-brother*, passar energia. E casa e cama e tentar entender o agito na alma, a confusão. Um dia após o outro, frase que piscava quase em néon, na cabeça de cada um. Pega leve. Tem hora que se acerta.

Tem hora que é melhor não ouvir, fingir de surdo, mais-que-mudo.

"Esse é um dos irmãos Davô?", Lúcio ouviu no intervalo. E a confirmação: "É o primo do padre francês, é o Lúcio Davô". E a risada do outro, do cara mais alto, mais branco, brinco na orelha e mais bobo: "Francês preto, onde se viu? Dá, Vô? Vai ver é Dá, Vai! Ha, ha, ha, ha, ha".

E aí? Reage, não reage? O coração ruge, o sangue nas veias ferve, e aí? "Finge de surdo, finge de surdo, não é com você, cala a boca, toca a vida, tudo tem hora pra acontecer, se reagir é pra ir até o fim, senta a mão, acaba com ele, mas..."

Tem sempre *mas*, tudo na vida tem seu preço. O máximo era olhar de lado, conferir a fuça da criatura, para um dia... Porque, se a vida pendura sua etiqueta de preço, também permite o dia da cobrança.

Era só esperar.

Capítulo 4

AO FINAL DA PRIMEIRA E TURBULENTA quinzena de aulas, Lúcio Daveaux chegou a seu diagnóstico sobre o Colégio Vitória de São Bernardo.

A parte material, física, do colégio era impecável. Piscina? Limpíssima. Laboratórios? Equipamento tinindo de novo, alumínio, vidro, produtos químicos em abundância para qualquer tipo de experiência. O laboratório de informática oferecia um computador para cada aluno, sem limite de horário na internet. O que a grana pudesse comprar era sem economia. Mas aquilo não era um hotel ou clube, era uma escola. E o que mais uma escola deveria ter?

Alunos. A família que pagasse aquela mensalidade altíssima deveria se interessar por uma educação séria, eficiente... No estudo informativo e formativo. Pelo menos, essas palavras bonitas constavam em todos os jornaizinhos e folhetos de propaganda da escola.

Claro que havia cê-dê-efes. Os orientais bons de nota, uns viciados em computadores, aqui e ali um ou uma colega sensível que gostava de ler e de redigir seus poemas e contos. Mas esses seriam competentes em qualquer colégio. Lúcio diria que, *apesar da escola*, esse pessoal ainda corria o risco de dar certo na vida. Mas e a maioria, o povão geral, a estudantada? O que o Covisbe fazia por eles?

Se fazia alguma coisa além de empurrar com a barriga, Lúcio não conseguiu perceber. Havia o de sempre, as turmas que existiam em qualquer escola do planeta: as patricinhas, lindas e vazias, a vida como um eterno desfile de modas; seu paralelo masculino, os playboys, charmosos e orgulhosos, certos de que o mundo teria obrigações eternas com eles, por serem assim mesmo, pedantes e bonitinhos.

Havia o pessoal da Esquadrilha da Fumaça. Este, Lúcio localizou fácil; bastava um olho treinado (ainda por cima, treinado em periferia) para perceber e evitar. Aqui e ali até toparia com uma criatura legal, mas não fugira desse tipo de envolvimento no colégio estadual para virar maconheiro em colégio de rico.

Quem mais? Os coitados. Os muito feios, muito gordos, largados pela família ou calados demais... Esses eram quase sempre vítimas e, se houvesse gente boa entre eles, passavam mais tempo se defendendo das perseguições do que se dedicando ao estudo.

Ok, esses eram alguns tipos de alunos. E quem mais havia numa escola?

Professores. E como eram os professores?

Lúcio distinguiu quatro espécies de professores. Em silêncio, sem confiar até mesmo no irmão, avaliou e classificou o corpo docente em:

1. Os amigos-da-garotada. O mestre da cumplicidade. O que deseja ser *truta* de aluno (truta é peixe que come na sua mão; gíria da rua, que Lúcio trouxe para definir essa gente da escola). Se fosse mulher e coroa, botava pose de adolescente, batom rosado, camisetinha... Tudo sempre era moda e sempre era lindo e valorizado porque jovem, e ser jovem era ser bom. Se bobeasse, a Fulana acabaria mais paquita que as paquitinhas de verdade. Esse estilo, no masculino, era o que botava a pose de "já fui moleque que nem vocês". Se os alunos dessem trela, logo ouviriam histórias de gandaia, com muito pileque e farra com a mulherada. "Tudo se desculpa, porque eles são jovens" — esse seria o lema que botariam no adesivo em seus carros.

2. Os gente-boa. Professores sérios, bons profissionais em qualquer lugar do planeta. Conheciam seu babado, sabiam passar conteúdo e reconhecer interesse. Se o aluno tivesse vontade, encontrava nele ou nela um aliado (*e não truta!*). Mas como engoliam sapos — e sapos gordos, coitados! Gente-boa era dona Françoise, gringa que falava português com sotaque e explicava o francês tão claramente. Roberto, o professor de geografia, também era assim; muito alinhado em seus ternos escuros, chamava aluno de "senhor". O Cyro, de matemática, olhava aluno

no olho e solicitava que as perguntas viessem depois do horário, para "não atrapalhar o andamento da aula". Ernesto, de física; dona Lívia, de filosofia; Akira, do laboratório de informática... Todos gente-boa. Lema deles era bom pra aula e pra vida: "Seja qual for o seu trabalho, faça bem-feito".

3. Os em-cima-do-muro. Profissional mais ou menos, talvez meia-boca para uma escola tão cara... Poderia dar mais o sangue se topasse com coordenação ou direção dura, que incentivava e cobrava. Seu lema: "Quem, eu, me preocupar? Se aluno quer matar aula, quem sou eu para insistir em educar?".

Esses três tipos de professores não espantavam Lúcio tanto assim. De certa forma, já encontrara gente semelhante em sua vida escolar. E até na vida fora da escola. O que o surpreendeu e assustou foi localizar o quarto e último tipo de mestre...

4. Os apavorados e deslumbrados. Havia alguns mais idosos entre eles, mas eram principalmente jovens e tensos. Angustiados pela responsabilidade de lecionar para sobrenomes tão ilustres, optavam por fugir de qualquer confronto e partiam para a descarada bajulação. Alunos menos cotados eram tratados como "massa", "povão". Mas aqueles privilegiados que mereciam atenção... Ah, não seriam deuses?

Lúcio reparou que esse tipo de professor pouco conhecia dos alunos propriamente ditos, mas tinha orgulho de se referir a eles como "o caçula dos Pirolli" ou "o herdeiro do Banco Tal". Era gente que valorizava o salário de professor acima da média de outras escolas "de elite", é claro, mas se deixava mesmo atrair pelo Covisbe pelo privilégio de fingir que pertencia à própria elite. Era gente que passava férias na fazenda de Fulano, que pescava com o avô de Beltrano ou ia ao shopping com a irmã de Sicraninha. Nada fariam para incomodar os seus eleitos, imagine!, com algo assim desagradável, tipo forçá-los a estudar. Seu lema: "Não me comprometa; se sua família vale a pena, tá limpo, faça o que quiser, não vou interferir".

Um relacionamento desse tipo parecia bem complicado. Entre alunos mimados de um lado, professores gente-boa, folgados, cúmplices ou deslumbrados de outro, o andamento da escola só acontecia pelos papelotes de disciplina. A loirinha do primeiro dia, Tatiana, tinha razão: tudo virava RA e RP. E a curtição da meninada era maior em burlar essa papelada do que em aprender alguma coisa.

Então, ao cabo da primeira quinzena de aulas, Lúcio deixou de lado as ilusões maiores. Percebeu, sim, que poderia tirar alguma coisa dali: o canudo. Seu diploma de ensino médio com um carimbo bonito: "Aluno formado pelo Covisbe".

O restante — amigos, oportunidades, grandes e deslumbrantes aulas, orientação moral e profissional, rumo e fé na vida? —, bem, talvez fossem belas palavras, impressas em folhetos. Coisa para ser vista feito uma fruta de casca lisa, madura demais e bonita, mas que, na primeira mordida, revelava o sabor e o cheiro indisfarçável de matéria apodrecida.

Ao término da primeira quinzena, Benjamim encontrou a palavra certa para definir o que sentia no Covisbe: deslumbramento.

Quantas aulas, mas não era monótono! Tudo tão limpo, tão organizado! Um horário de permanência na escola bastante amplo, mas que prazer ficar ali.

Benjamim via o que queria ver. A parte expositiva da matéria era objetiva e a maioria dos exercícios era feita no laboratório de informática, em programas similares a jogos de videogame, de fácil pontuação. O horário de permanência na escola era longo, o que evitava cansativas lições de casa e permitia que ali mesmo os jovens fizessem suas outras atividades (balé, judô, cursos avançados de inglês ou francês, tudo pago à parte). Um ponto de orgulho no Covisbe era a ênfase que se dava à pluralidade cultural, e assistir a filmes que concorressem ao Oscar ou jogar pebolim também se inseria nessa categoria. Pátios, salas de aula, salões e corredores eram impecavelmente limpos; mas, apesar dos cartazes JOGUE LIXO NO LIXO e COLABORE! VAMOS RECICLAR!, depois da passagem dos alunos qualquer lugar se assemelhava a um campo de guerra, só recuperado pelo batalhão de funcionários da limpeza.

Quando recebeu o primeiro elogio de um professor, ah, aí sim!, Benjamim teve certeza de que estava em casa.

— É o que eu falo sempre para vocês, pessoal! — Dona Sandra erguia a folha com a nota 9,5 em destaque. — Em redação, o ponto de vista é essencial. Não se fixem só na primeira ideia, escrevendo qualquer coisa, de qualquer jeito... Pensem. Procurem um ângulo novo. Se você receber um tema, vá lá, inexpressivo, não responda com um texto igualmente comum. Procure jeitos novos de narrar sua história.

Sandra era magra e elétrica, movia-se entre as carteiras e parou por um instante ao lado de Benjamim. Pousou a mão em seu ombro.

— Se o seu tema for "Minhas férias", por exemplo, por que não contar as suas férias em Marte?

— Ooooooooh, professora! — reclamou um aluno.

— O que foi, Ângelo? Você não pode passar férias em Marte? Júpiter, Saturno? Use a imaginação.

— Meu pai se informou da lista de espera para os voos turísticos para a Lua — disse Neide. — Demora anos e custa uma nota.

Esse comentário dispersou alguns alunos em conversas paralelas sobre roteiros turísticos exóticos. Sandra insistiu, com um tom de voz mais elevado:

— Esse foi um exemplo. Só isso. Quero dizer que vocês podem e devem se esforçar mais, devem ser mais curiosos, mais criativos. E este texto, do Benjamim Daveaux...

Três alunos riram e se cutucaram — o trocadilho Dá-Vô e Dá-Vai começava a correr entre os rapazes —, mas fingiram seriedade quando Sandra puxou a folha de RA debaixo da pasta.

A professora teve de se manter calada durante alguns segundos e, ao concluir, seu tom de voz revelava menos entusiasmo e mais decepção:

— Cada um de vocês tem potencial e talento para fazer um bom texto. Basta ter vontade. — Devolveu a prova. — Parabéns, Benjamim. Espero que continue escrevendo desse jeito.

Tocou o sinal. A professora recolheu depressa seu material e saiu. Os grupinhos se dispersaram à vontade.

— Você contou a história do ponto de vista da morta, né? — Tatiana estendeu a mão. — Posso ver o texto, Benja?

— Era um poema do Álvares de Azevedo e achei que falar assim, só de amor, ficava muito parecido... Ele comentava da sua amada morta, então contei pelo ponto de vista dela. O que ela sentia — explicou Benjamim.

— Ficou meio estranho, não? — Tati passou os olhos pelo texto, estendeu a folha para Victoria.

— Estranho? — Victoria leu algumas palavras e devolveu a folha ao colega. — Parece pesado...

— Mórbido. Sombrio. Sobrenatural? — Benjamim achou o vocabulário adequado. — A gente não está estudando os byronianos? Tentei algo nessa linha.

Um berro estridente veio da porta. Era Luka (ou Maria Luiza ou Maluka, seu apelido variava mais que as cores da sua mecha no cabelo).

— Gente, não acredito! É mesmo o Nestor que vai dar aula pra gente.

— Nestor, o Horror! — completou alguém.

— Por que horror? — perguntou Benjamim.

Neide explicou:

— Sei lá. Por ele inteiro. — Deu de ombros. — É feio. É sem graça. Nunca sai do assunto, é só química, química... Quando disseram, na semana passada, que podiam mudar o professor, achei que a gente tinha se livrado dele.

— É ridículo... — Luka falava para eles e para quem quisesse ouvir. — O cara é ridículo... Está de blusa verde, pode? E os dentes dele?

— Dentadura? — sugeriu Rogério, o mesmo loirinho que tinha feito coro no *Dá-Vô-Dá-Vai* minutos antes. — Ou ele finalmente arrumou aqueles dentes podres?

Alguns caíram na gargalhada. O pessoal se ajeitou logo que entrou um homem meio baixo e meio gorducho, abraçando inúmeros diários de classe. Era uma nova aula que começava.

Havia dois portões de saída na escola. O principal era dos alunos que seguiam para casa nos próprios carros, dirigidos por parentes ou motoristas particulares. O portão dos fundos servia as quatro linhas de ônibus escolares que atendiam os bairros próximos.

Era nesse portão que Lúcio esperava. Já havia dispensado um dos ônibus e esse nem era o problema. O pior era o trem, que pegariam a seguir. Se Benjamim demorasse, acabariam enfrentando o horário do *rush*, amargando condução lotada.

Nem sempre as aulas do primeiro e do segundo ano coincidiam, mas os dois se avisavam antes. Afinal, avistou o irmão subindo a alameda, no meio de um grupo, de braço dado com duas meninas.

— Ah, eu avisei... — disse Luka, exageradamente se pendurando em Benjamim. — Falei que o Nestor era uma figura!

— Viu só a roupa dele? Blusa de lã, com esse calor? — Neide se abanou, exagerada.

— E a blusa tinha bolinha! Não repararam? — continuou Luka. E explicou depressa: — Blusa de lã, quando fica velha, enche de bolinha, um horror! E claaaaaaaaaaaaro, o Nestor-Horror continua usando um negócio desses! Pode?

— E os dentes? — lembrou Rogério, já entrando em seu ônibus.

— O Dentadura — Benjamim riu do apelido. — E aí, Lúcio, você também tem aula com o Dentadura?

— Quem?

— Nestor, o Horror — explicou Tati. — O professor de química.

— Ou Dentaduuuuuuuuuuura — provocou Benjamim.

As meninas gostaram e riram.

— Por que esse apelido? — perguntou Lúcio.

— Ah, repare na boca dele! — disse Luka. — Pelo amor de Deus, aquilo é dente? Tudo torto, escuro...

— Então a gente não sabe se fala Nestor, o Horror — Rogério conversava com eles pela janela do ônibus — ... ou se chama mesmo de Dentadura.

— Mas que brincadeira besta, hein? — Lúcio não se conteve. — Tive aula, sim, com um Nestor de química. Achei o cara muito legal. Aula séria. Está a fim de ensinar.

— É, ele até pode ensinar, ser um bom professor... — Tati pegou mais leve. — Mas tem uns dentes que...

— E o que você tem com isso? Professor tem de ser o quê, ator de novela, bonitão? Ou ensinar conteúdo?

Gelo. O clima de verão esfriou de repente. Olhares baixaram e suspiros cortaram o ar. Tati e Vicki subiram no ônibus depois de rápidos beijinhos no amigo. Neide murmurou "Nossa, seu irmão é tão caxias" no ouvido de Benjamim. Luka nem sequer deu beijinhos, correu para outro ônibus.

— O que foi, Lúcio? Que cara é essa? A gente não vai entrar?

— Deixa o pessoal seguir na frente. A gente pega o próximo.

Ficaram lado a lado, de pé, calados. Depois que o ônibus se foi, Benjamim fez careta e provocou:

— E aí, vai dar uma de irmão mais velho? Dar bronca, o que foi?

Calmamente, Lúcio abriu o livro de francês, achou a página e leu:

— "*Un sot trouve toujours un plus qui l'admire.*" Aprendi hoje, na aula da Françoise: "Um tolo sempre encontra outro mais tolo que o admira".

Fechou o livro com um tapa. E voou no pescoço do irmão, apertou bem no gogó, lugar dolorido.

— Escute aqui, irmãozinho, se toque, se manque e veja como fala. Tira esse sorriso besta da cara e presta bem atenção, que só vou falar uma vez...

Soltou a mão e suspirou fundo. A voz baixa, pausada.

— Não gosto dessa escola. Não gosto dessa gente e acho que não vou gostar, nem um pouquinho, desses seus colegas de sala. Se você quer ser palhaço desses riquinhos, problema seu. Se acha que um dia eles vão considerar você igual a eles, também fico triste, porque você vai sofrer igual cachorro, mas tá limpo. Também é problema seu. Agora, o *meu* problema, o que eu prometi pra mãe e vou cumprir, é cuidar de você. E se eu te pegar mais uma vez tirando sarro de professor, se metendo com drogada, igual àquela tal de Luka ou Maluka...

— Drogada, a Luka? Mas ela é só...

— É chegada na substância, sim, mas isso é problema dela. O que eu proíbo é fazer maldade com professor. É entrar em esquadrilha da fumaça pra ser aceito. É andar com aluno vagabundo e tirar nota baixa. Sabe pra que serve o Covisbe?

— Acho que não! Se não é pra fazer amigos e nem estudar e nem fazer uma brincadeirinha, eu...

— Serve pra te dar um diploma. Um diploma que o mundo aí fora acredita que é lindo e maravilhoso. E é isso que você vai fazer, seu safado. Você vai dar orgulho pra nossa mãe porque a coroa merece, e vai passar nessa porcaria de escola entre os primeiros da classe e ser alguém na vida, entendeu? Nem que pra isso eu tenha de arrebentar sua cara. É só isso que eu quero.

— É só isso?

— É, é só isso.

— Então dá pra gente pegar logo o ônibus, que essa sua bronca besta nos atrasou tanto que vamos pegar o trem mais lotado do que nunca?

Lúcio ferveu. Ainda queria falar mais, um montão, mas se conteve. Dobrou e desdobrou a fúria com muito cuidado, apertou bem, comprimiu todos os sentimentos ruins e acrescentou, nesse pacote compacto, o medo. Um medo que começava a crescer, antecipando-se pelas bobagens que seu irmão poderia cometer na vida. E torceu, muito e muito, para que isso — medo, ódio, angústia e preocupação — fosse apenas um pressentimento tolo.

Os Daveaux subiram no ônibus e foram para casa.

Capítulo 5

TEM HORA QUE SE ENTURMA. Acha seu pessoal. Faz amizade, ou quase isso, a guarda baixa e trava conhecimento.

Para Lúcio, isso se deu com os gordinhos. Apesar de família magra, mãe, avô, avó, irmã, quase cunhado e o escambau, todos magros e esticados, nunca foi de humilhar rechonchudo. E olha que a rua pode ser cruel com menino obeso!

De pivete, nunca brigou quando sobrava de parceiro com Manelão, quase o dobro de seu peso, na hora de dividir gangorra no parquinho: era mais fácil sentar no meio da tábua e estava limpo! Já maiorzinho, também não ria da Eliana nem a chamava de Elifantana; até trocou com ela uns beijinhos, numa noite de quermesse na igreja, quando sobraram os dois para arrumar a barraca de algodão-doce. E como era doce o hálito de Eliana, beijo roubado e doado aos 11, 12 anos de idade...

E agora, aos 18, já maior, escolado e descolado, Lúcio ia cair em ridículo de rir de alguém com camiseta esticando que nem bexiga muito cheia?

— Óinc, óinc, óinc, óinc! — O grupo fazia coro e, andando de pernas meio abertas, seguia os passos do cara gorducho.

O perseguido parou e se virou. A turma, três garotos e uma menina, parou também. O gordinho deu um suspiro fundo, voltou a andar. E o grupo arremedando:

— Óinc, óinc, óinc, óinc!

O gordinho parou novamente, e outra vez o grupo se imobilizou feito estátua; os quatro fingiam seriedade, quando queriam estourar de rir. Lúcio estava encostado no muro de pedra, só olhava de longe. Se estivesse no sétimo ano, talvez achasse aquilo engraçado. Mas não era. Era tolo e irritante. A infantilidade das brincadeiras dos colegas o incomodava. Os caras nunca iam crescer? No grupo dos debochadores, reconheceu um cara que se divertia zoneando com o sobrenome Daveaux. Olhou em volta. Era o momento de cobrar o desafeto?
    Estavam nos fundos da escola, nenhum funcionário à vista. Aproximou-se devagar, passo gingado.
    — Que gracinha é essa que vocês estão fazendo?
    O gordo suspirou fundo, conformado em ser palhaço de mais um. A menina respondeu pelo grupo:
    — A gente só quer saber como é andar assim de perna aberta. Deve ser legal.
    — Opa, mas isso você deve saber! Você também é gorda.
    — E-eu...? — ela gaguejou.
    Os outros três colegas eram magros e riram. Apontaram para ela.
    — Pode não ser tãããão gorda que nem ele — continuou Lúcio —, mas não é nenhuma modelo. Além disso, é feia. Quer saber? Tenho certeza de que é frus-tra-da... — disse Lúcio devagar, saboreando as sílabas. — Uma mal-amada, frustrada e feia descontando em alguém que acha mais infeliz que você.
    Os três amigos explodiram em risadas. O rosto da garota tinha avermelhado tanto que pequenos pontos de acne se destacavam, mais claros.
    — Q-quem vo-você pensa que... que é, pra fa-falar assim co-comigo?
    — É o francês preto — disse o colega mais alto. — O maloqueiro que só estuda aqui porque é parente do padre. Não é isso, cara? Hein? Ou estou errado?
    Lúcio abaixou o rosto, como se profundamente humilhado. Os quatro perseguidores cantaram vitória em novas risadas. O garoto gorducho, percebendo a maldade com novo endereço, quase sorriu.
    Lúcio coçou o nariz, deu dois passos lentos.
    — Não sei se você sabe, mas não é *preto* que se fala. É negro. Raça negra. Tenho, sim, sangue negro nas veias, com orgulho. E também sangue de índio, de italiano... até de francês.

Mais um passo. Media os caras de cima a baixo, conferia a distância e os detalhes do falador: boca aberta na risada, cabelo cortado rente, olhos claros, brinco de argola na orelha esquerda.

— Agora, o que eu não tenho mesmo é sangue de barata.

E pulou. Tão ligeiro que os garotos mal perceberam o gesto e o alvo visado. Assustaram-se só quando o sangue espirrou, molhando a camiseta do amigo. O cara gritava mais que porco em matadouro, apertava e gritava "minha orelha, meu brinco, isso dói, isso dóóóiiiiiiiiiiiiii"...

O brinco de argola estava na mão de Lúcio. Com um piparote, ele jogou a joia sobre o vulto que se encolhia nos braços da garota.

— Mas o que é isso? Você é um animal! — ela berrou.

Lúcio deu um passo adiante e bastou apertar os punhos para os quatro baterem em retirada. Nunca, em qualquer briga de rua na sua vida, teve vitória tão fácil.

— Quer um brinco? — Lúcio pegou a peça ensanguentada do chão, ofereceu ao gorducho. — Acho que é de ouro.

E agora era ele quem gaguejava:

— Po-poxa, obri-brigado, eu... Eles... sabe? Eles sempre gozam de mim, nunca vi, mas você! Você arrancou mesmo o brinco do Sérgio! Aquele é o Sérgio, sabia?

— É um trouxa. Quem usa brinco de argola não se mete em briga. E aí? Quer ficar com isso, como troféu?

— Sei lá. Eu... eu estou chocado! Você me ajudou...

Lúcio sabia o nome dele, Douglas, e, reparando melhor, achou que lembrava um suíno, mole e liso. Apesar de estarem no mesmo ano, Douglas parecia um menino peso-pesado, criança longe da puberdade.

— E quem disse que eu ajudei? Só não fui com a cara deles. E, quando folgaram comigo, levaram. Era o que você devia ter feito faz tempo.

— Como assim? Brigar com eles? Mas sempre vieram em mais, em grupo... E, depois, aqui nunca tem briga. É proibidíssimo brigar no Covisbe.

— E quem falou em briga?

O gordinho mantinha a boca aberta, sem entender.

— Eu só vi um acidente, Douglas. O nosso amigo ali resolveu aumentar o buraco do brinco e se machucou. E só. Ou não foi isso o que aconteceu?

— Fo-foi...? — Afinal, compreendeu e sorriu. — É, foi sim! Um acidente. O Sérgio é tão desastrado, ele foi arrumar a argola, aí puxou com mais força e...
— Não precisa explicar tudo, só cala a boca! Está bem? Chega!
O garoto gorducho olhou para ele com uma expressão de cachorro surrado. Lúcio percebeu que faltava muito pouco para o colega cair no choro.
— Sossegue, Douglas. É por isso que eles abusam de você. Precisa lutar pela sua dignidade, cara.
Lúcio se fartava do gorducho. E até se arrependia de ter ajudado. Quem mandou se meter na palhaçada? O que tinha aquela gente, afinal? Não conseguiam entender nem valores tão simples assim? Mas continuou explicando:
— Tudo tem seu preço, Douglas. E respeito é uma coisa bem cara. Você tem de se dar muito valor pra conseguir respeito.
— Respeito? Preço?... — Douglas balbuciou. E, afinal, o brilho de uma ideia surgiu em seu olhar. — Lúcio, Lúcio, esse é o seu nome, não é mesmo? E se eu... e se eu pagar pra você me defender?
— O quêêêêê?
— É, na hora do intervalo e na hora da saída... Você nem precisa fingir que é meu amigo, mas, se nessas horas você ficar perto de mim, aí eles não iam ter coragem e...
Lúcio apertou a bochecha do garoto, falou bem de perto:
— Dá o fora, cara, antes que eu meta esse brinco na sua orelha sem usar anestesia!
Então Lúcio virou as costas e apressou o passo, quase correu para dentro da escola. Conferiu o relógio e suspirou, numa irritação muito forte, quando sentiu o puxão na camiseta. Já se virou erguendo a mão em forma de murro, mas era só o gorducho. O cara largou da sua roupa e se encolheu, tapando a cabeça com os braços.
— O que foi, agora? Vai embora, Douglas, se manda!
— Desculpe. Eu só queria agradecer, Lúcio. Se você quiser me bater, tudo bem, eu até entendo. Nunca devia ter dito aquilo, de pagar. Estupidez minha. Mas, sabe?... Nunca na minha vida inteira alguém me defendeu. Então eu... Obrigado.
Estendeu a mão trêmula.

Lúcio acabou sorrindo. E apertou a mão do seu primeiro amigo no Covisbe.

Era difícil entender amizade tão diferente. Às vezes, o próprio Lúcio achava que pareciam personagens de desenho animado: ele era um cachorrão escuro, meio vira-lata e meio buldogue, alto e calado. E seu amigo, um pequinês gorducho e barulhento, correndo em volta do outro, satisfeito como se latisse "tenho um amigo, tenho um amigo, ele gosta de mim, ele me acha legal"...

E achava, sim. Douglas era espirituoso. Adorava informática e tinha tudo quanto era novidade tecnológica. Era capaz de ficar horas mostrando o funcionamento de um tablet ou exibindo suas descobertas na internet. Era covisbeano desde a chupeta e também conhecia boas e antigas histórias sobre a ordem mantenedora do colégio.

Voltavam da aula de educação física e sobravam alguns minutos antes do retorno às salas. O caminho passava pelo hall onde ficava o quadro de são Bernardo. Lúcio apontou para a imagem.

— O que eu gostei nele é que é homem.

— Que besteira é essa, Lúcio? Pode ser santo, mas é homem. Do sexo masculino.

— Tem jeitos e jeitos de representar santo — Lúcio explicou melhor. — Minha família sempre foi católica, vou à igreja desde menininho. Sei lá se aquelas igrejas eram muito pobrinhas, mas nunca vi um quadro que nem esse. O santo tem espada, roupa de guerra. Parece mais são Jorge da umbanda do que coisa de católico.

— É que são Bernardo foi mesmo um guerreiro. Era abade de Clairvaux, isso pelo ano 1100 e qualquer coisa. — Douglas parecia responder chamada oral em aula de religião. — Foi um dos homens mais inteligentes da época dele, convenceu o papa e um monte de gente da importância da Guerra Santa.

— Como você sabe isso tudo?

— Fique aqui tanto tempo como eu que você também fica sabendo...

— Lembrou-se de algo, abriu um livro, procurou um trecho. — São Bernardo também escreveu livros, além de ser um guerreiro. Tem um trecho aqui em que ele diz que é preciso ser, abre aspas, o instrumento de Deus para punição dos malfeitores e para a defesa dos justos. Fecha aspas.
— Justiça. É um ideal forte. Gostei. — Parou diante do quadro e ficou ali, em oração silenciosa.
Douglas conferiu a hora no celular, cutucou o amigo.
— Lúcio, agora é bom a gente se apressar, senão a dona Françoise faz a gente se desculpar pelo atraso, e em francês!
Um grupo descia as escadas em direção ao laboratório de informática. Lúcio e Benjamim ficaram cara a cara, disputando o mesmo corrimão.
— E aí...? Tudo bem?
— Tudo. — Benjamim olhou de lado para as amigas, Tati e Vicki, que disfarçaram e desceram mais depressa.
— Vejo que mudou de amizades — Lúcio apontou para as duas garotas que se afastavam. — Gente mais legal que o povo de antes?
— É da minha conta... E você? Também se enturmou, não é mesmo? — Benja apontou para Douglas.
O assunto morreu.
— Até a saída — disse Lúcio.
— Hoje vou embora mais tarde. Vou fazer um trabalho na biblioteca com a Vicki e a Tati. Avisa a mãe que só chego de noite.
— Tá limpo.
— Tchau.
— Tchau.
Douglas viu os irmãos se afastarem daquele jeito frio e até abriu a boca para um comentário, mas a expressão concentrada de Lúcio afastou essa vontade. Os lábios apertados eram sua marca de fúria. E, se Douglas queria manter a amizade, era melhor ficar quieto.

Capítulo 6

VICTORIA SE ACHAVA MEIO PALHAÇA, plantada na calçada, sozinha e tendo de esperar — e *odiava* esperar. Mas a irmã mais velha, Rebeca, foi taxativa: "Se quer ir ao shopping comigo, fique fora do colégio. Não vou pegar a fila de carros, como uma 'mãetorista' desocupada". Entre o shopping e o quase ridículo, as compras venceram.

A rua estava tão parada e silenciosa que Victoria até levou um susto quando alguém saiu correndo do portão. Ele falava alto, no celular, chacoalhava o aparelho, gritava "alô", pelo visto sem resposta...

Era o Benja. Vicki sorriu e ergueu a mão, mas não foi vista. O rapaz enfiou o celular na mochila e seguiu para o telefone público.

Nunca vira Benjamim daquele jeito. Normalmente, o amigo era calmo. Manso e sedutor, com olhos que sabia tão expressivos. Naquele momento, porém, revelava tal agitação — batia no aparelho, esvaziava a mochila no chão, xingava entredentes, procurando alguma coisa — que parecia outra pessoa. Vê-lo assim alterado, às escondidas, pareceu um ato obsceno, por isso Victoria se aproximou.

— O que foi, Benja? O que aconteceu?

— Minha mãe. Avisaram agora pelo celular que ela sofreu um acidente. Ela é fiscal de saúde pública, da prefeitura... Parece que foram a um restaurante, tinha vazamento de gás, alguma coisa explodiu...

— Mas ela está bem?

— Levaram para o hospital, ninguém sabe dizer como ela está.
— E agora?
— Eu não sei! — A voz saiu esganiçada. — Não sei! Não encontro o pessoal de casa, no trabalho não sabem dizer...
— E o Lúcio?
— Está na excursão. O primeiro e o terceiro ano estão no Museu de Arte Sacra.
— É mesmo. Minha irmã Jânia também foi.
Ficaram se encarando, confusão e medo nos olhares.
A buzina.
— Vem, Vicki! Vamos embora.
Vicki teve uma ideia e fez um gesto para a irmã.
— Benja, se a gente desse carona, ajudava?
— Carona... pra onde?
— Sei lá, para o hospital. Ou sua casa.
— O hospital era uma boa. Lá eles têm de saber alguma coisa.
Vicki correu até o carro, jogou a mochila no banco traseiro e explicou:
— É o meu amigo, Rebeca, a gente não pode deixar ele assim.
E contou o que sabia.
— Mas hospital, Vicki... — A irmã fez uma careta. — Você sabe que eu odeio hospital! E o shopping? A gente não combinou que...
— Poxa, Rebeca, é uma emergência.
— Ele não tem ninguém pra fazer isso? Pai, mãe, avô?
— Ele é órfão de pai e foi a *mãe dele* que sofreu um acidente! O Lúcio, o irmão dele, também é do Covisbe, mas está numa excursão, nem sabe o que aconteceu. É a gente, mesmo, Rebeca, que tem de ajudar.
A motorista olhou para o rapaz pelo retrovisor. Concordou com um suspiro.

Se amigos de amigos são amigos, Lúcio rapidamente herdou os dois amigões de Douglas. E não usaria a palavra *amigões* à toa. Evandro, da mesma classe deles, era parecido com Douglas: imberbe e gorducho-garotão, com mais de cem quilos. Washington estava no terceiro ano e era do estilo peso-pesado de gringo, com bons trinta quilos acima do peso ideal, todo amplo e ampliado, braços, peito, coxas, pescoço, rosto. E também já era um homem, no que se referia a pelos e tom de voz, de barba cerrada, pernas e peito cabeludos... Parecia o mais velho dentre eles, apesar dos 17 anos.

— Uma amizade de peso — brincava Washington. — Se a gente juntasse tudo e fosse um boi, ganhava medalha. Na fazenda do meu pai, bicho de mais de 13 arrobas é campeão em exposição de gado.

— Mas a gente não é gado! — reclamava Evandro, fingindo-se ofendido.

— A gente devia copiar desses bichos o que eles têm de melhor... Sabiam que uma vaca desnutrida nunca fica prenhe? A natureza protege. Já ser humano é essa desgraça! O mal do mundo é a superpopulação. Botar filho no mundo pra largar, isso, sim, é pecado!

Washington era a favor de pílulas anticoncepcionais, aborto, casamento homossexual e vasectomia, todos temas tabus num colégio católico, mas ele nem se incomodava em provocar polêmica na sala de aula. Aliás, adorava polêmica. Tinha até pouco senso de preservação quando aderia a uma causa; enfrentava qualquer padre, professor, coordenador ou bedel, e geralmente acabava crucificado por um monte de RAs e RPs no fim do ano.

Foi ele quem descobriu o que tinha dado aquela história do brinco do Sérgio. E contou:

— Bem por acaso, entendem, eu estava na sala da coordenação...

— Claro — riu Douglas. — Com você, é sempre por acaso.

— ... quando o Sérgio chegou. Ele não foi chamado, vejam bem; ele apareceu por lá. E deu azar. Quem estava de plantão naquele dia era o professor Hans.

Havia um sistema de rodízio no atendimento das reclamações disciplinares dos alunos. Dona Sandra era mãezona e boa ouvinte; Akira fazia o gênero prático, que resolvia com objetividade de técnico em computação os desafetos dos alunos; e Hans... ah, o Hans!

— Ele ouviu... vocês sabem o jeito dele, todo caladão — continuou Washington. — Coitado do Sérgio, tentou choramingar que foi uma briga, que se machucou... Mas o Hans quis os detalhes. E o panaca contou!

Dele e da turma dele seguindo você, Douglas, pela escola, "só fazendo uma brincadeirinha com um amigo gordinho", e até imitou os "óinc, óinc", e aí, sim, foi um idiota! O Hans já é meio gordo e vermelhão, deve ter passado o diabo quando era moleque... Lá ia aceitar aluno magrelo zoando gordo?

— E aí? O que aconteceu com o Sérgio? — Douglas, embaraçado, quis sair logo do centro da história.

— Aí o Hans abriu a gaveta dele e tirou um envelope. Se o Sérgio pensou que era uma RA para o Lúcio, dançou. Sabe o que tinha no envelope?

— Fala — disse Lúcio.

— O brinco dele! — Washington se acertou na pose, enrolou a voz mais grossa ainda que o normal e imitou o professor: — "Não foi isso que ouvi por aí, senhor Sérgio. Disseram que você quis aumentar o furo do brinco e se machucou. Nossa escola nunca aceitou essa moda de brinco. E, depois, se foi mesmo uma brincadeira que você e seus amigos fizeram..." — Washington voltou a usar a voz normal. — E nessa hora, gente, o Hans estava quase sorrindo. Ele falou: "Foi uma brincadeira muito cruel. Muito estúpida e humilhante. E se os senhores encontraram pela frente alguém que reagiu, ainda que de forma inadequada, ao seu ato inconsequente, bem... Quem age com violência acaba também atraindo violência". E mandou o Sérgio passear! Fim de papo. O Sérgio teve de botar o rabo entre as pernas e tchau!

Riram, riram tanto com o final da história... Mas Lúcio não confiava tanto assim nesse empate de maldade. O tal Sérgio não era do tipo de levar desaforo pra casa e era covarde demais para resolver a coisa em luta limpa.

— Falta muito pra chegar nesse hospital? A gente já está andando faz mais de uma hora!

— Ainda está longe, Rebeca. Olha, se você quiser me deixar aqui no ponto, eu...

— Ah, tudo bem! — Rebeca diminuiu a velocidade do carro.

— De jeito nenhum! — Vicki fuzilou a irmã com o olhar e depois sorriu para o banco traseiro. — Pode sossegar, Benja. A gente te larga na porta do hospital.

Benjamim concordou e tentou não ouvir o que as irmãs diziam, meio protegidas pelas poltronas de encosto alto e com o barulho do som ligado: "Mas onde a gente está indo, Vicki? Nunca vou conseguir voltar! Isso é um favelão, a gente ainda vai ser assaltada!". E a resposta da amiga: "Xiiiiiiiiiiiiiiu! Fala baixo, Rebeca, ele vai ouvir!".

Benjamim não sabia o que era pior, se o ataque ou a defesa; se a má vontade de uma ou a compreensão piedosa da outra.

— E agora? — Rebeca brecou o carro e apontou um paredão. — A rua acabou.

— Parece, mas não acabou. Você vira à direita, tem um trecho de terra, mas pequeno. Depois volta o asfalto, aí é só subir a avenida que...

— *Avenida?* — Rebeca manobrou e o pneu derrapou. — Isso não é um bairro, é zona invadida. As casas sobem na calçada, fica tudo torto. — Esterçou com força o volante e o carro subiu, devagar. — Isso lá é avenida?

— Passa ônibus — Victoria justificou em voz baixa.

A irritação de Rebeca era visível.

— E daí? É até perigoso a gente estar com esse carro aqui. Sabia disso, Victoria? Se o pai sabe que a gente está num lugar assim, ele...

— Ele não precisa saber — respondeu Vicki, também irritada.

— Voltar de noite daqui, então!

— Ainda é cedo, sossega, Rebeca. A gente volta antes de escurecer. E aí, Benja, falta muito?

— Acho que uma meia hora ainda.

Alcançaram uma avenida mais movimentada, com semáforo. Rebeca emparelhou com um ônibus, relaxou um pouco os ombros, olhou pela janela.

— E essa gente... Deus meu, como tem criança e cachorro abandonado. Ninguém trabalha? É dia de semana, por que tem tanta gente na rua sem fazer nada?

— Cala a boca, Rebeca — mandou Victoria.

Calaram-se. Três silêncios, três ilhas isoladas em seus próprios pensamentos. A motorista se revoltava com o que estava perdendo: a tarde fol-

gada no shopping, agendada com dificuldade entre outros compromissos, aquela nova coleção da grife de jeans, a hora marcada na manicure...
Vicki se sentia culpada pelo egoísmo da irmã, a ideia latejando em sua cabeça. "Se fosse a mãe do Rogério ou do Ângelo ou da Tati, será que minha irmã ficava assim, insensível? Se fosse lugar conhecido, em uma rua dos Jardins, teria tamanha má vontade?"
E Benjamim, o que pensava ele?
Ele via seu bairro e as pessoas dali de um jeito e com uma força que nunca vira antes: pelos olhos daquelas moças tão lindas e tão ricas. E, no caso da mais velha, tão fútil e preconceituosa...
Aquilo o confundia. Como deveria se sentir? Humilhado, por viver em terra miserável, sem sinal de árvores ou vegetação, qualquer mínimo espaço ocupado por cimentados e puxadinhos, onde se entocava aquela gente feia e escura? Ou revoltado com o que fizeram com eles, eles todos que moravam ali, gente e bicho, que mereciam viver nas mesmas casas que seus amigos de escola e ter as mesmas oportunidades? O que deveria pensar?
Olhava. Havia cachorros, sim, magros, feios e sempre muitos. Ao deus-dará, porque, se fosse por doutor, médico-veterinário, de jeito algum existiam. E havia crianças tão ao deus-dará quanto os cães. Por que pobre tinha tanto filho? Pra ver se sobrava um, um'alma viva que desse sustento a pai velhinho, quem sabe?
Em bairros como aquele, a estatística era a dos endereços. Naquela casa ali, dos nove filhos nascidos, vingaram quatro. Na outra, os dois mocinhos viraram presunto em noite escura, foi represália, dívida de droga, de jogo, de emboscada. E a outra vizinha, ah, tadinha, aquilo foi bala perdida, a moça trabalhadeira voltava no último trem e a bala pegou ela, matou. Logo se descobria, em bairros assim, que Estatística era um novo nome pra Morte. Aquela, a figura da Idade Média, caveira com uma grande foice na mão, erguendo o fio e gargalhando e, chuuuuif!, cortando as carnes e aumentando sua sacola de números.
Dentro do carro macio e amortecido, Benjamim via sua vida correndo do lado de fora como nunca vira antes. A revolta crescia...
Isso é Brasil. Terra de imigrante, migrante, de português desterrado (des-terrado porque despossuído de terra), enterrado aqui por ser ou miserável, ou ladrão, ou coitado lá na sua Europa-lusa, que se misturou com negro, com índio e deu nisso aqui, madame...

E aqui não tem só lixo, sabia não? Sabe, madame, tem gente boa também. Sua babá nasceu aqui. Sua copeira, a cozinheira que fez seu almoço morou naquela esquina. Vai ver que a enfermeira que ajudou a te botar no mundo é a vizinha daquele lado da rua. E a manicure que faz suas unhas com hora marcada é de encarar bangue-bangue, passa sempre por essas periferias. E o faxineiro da escola, e o guarda de trânsito, aquele que lhe deu a multa anteontem, puxa, homem injusto!, só porque fazia fila dupla na porta da esteticista, mas ele também, quem diria, mora em periferia...

— Benja! — chamou Vicki. Depois gritou: — BENJAMIM!

— Hum...?

— Você está bem? A Rebeca quer saber onde virar.

O rapaz saiu do torpor, olhou em volta, reconheceu o caminho. E voltou a dor. O medo. Como estaria sua mãe?

— Agora está perto. Esta avenida termina no hospital.

— Graças a Deus — disse a motorista.

Edna estava consciente, mas atarantada. Por dores misturadas no braço, no ombro, na mão imobilizada (e como aquela mão doeu e doeu na hora em que a colocou na frente do rosto e o fogo avançou sobre ela), por arrepios e calores. Ela gemeu...

— Calma, a senhora tem de ficar calma — falou uma voz, um vulto, visto de ângulo diferente, de baixo para cima.

— Onde eu estou?

— Fique quieta, por favor, a senhora precisa sossegar, a gente fez o que pôde, agora descanse.

Injeção, doeu, não doeu, o gosto morno na língua, e parecia tão morno também nas veias, o que aconteceu? Tinha de pensar, lembrar, não vinha nem vontade de chorar. "Os meus filhos? Onde estão os meus filhos?"

— Descanse, por favor, descanse, sua família já foi avisada — disse a voz, mas tão longe e tão apagada.

E, depois, Edna achou que estava sozinha, mas onde?

"Meus filhos são meninos bonitos. Vão ser gente boa, gente certa, honesta e rica, sabia? Eles têm um futuro pela frente." Ela falou isso ou só pensou?

Enxergava mal e mal, o sono chegando, manso. Apegou-se a lembrar do que havia acontecido: foram vistoriar um restaurante popular e a cozinha era nos fundos; o supervisor entrou primeiro, ele recebeu a força maior da explosão do gás. Onde estava ele, o que...?

Fechou os olhos e foi um esforço abrir de novo as pálpebras. Então percebeu alguém do seu lado.

A enfermeira teria voltado? Não parecia uma mulher... Era pessoa magra. Costas curvas. E era homem. Então reconheceu.

— Pai...?

— Sossegue, minha menina. — O sotaque leve, que o seguiu a vida inteira.

"Mas agora ele não está mais vivo", constatou Edna, sem medo. Talvez o medo tivesse ido embora com a dor, depois dos anestésicos.

— O que faz aqui, pai?

— Vim visitar. — E ele deu sua risadinha malandra.

Se Edna estivesse em condições normais, ficaria irritada com esse tipo de deboche. Mas com aquela canseira... Ah, Deus, como estava cansada.

— Os meninos foram para a escola dos franceses, pai. Isso foi o senhor que deu. Mesmo sem querer, isso foi o senhor que deu.

— Podia ter dado mais. Não é mesmo, filha? Muito mais.

Ele parecia tão pequeno... O velho Pi nunca foi um homem alto, mas Edna não se lembrava dele assim, encolhido.

— O que o senhor quer, pai?

— Ajudar. Avisar. Proteger.

— Não é tarde pra isso? O fogo me pegou, pai. O acidente... — Que sono, era dolorido manter as pálpebras abertas. — Eu quero... quero os meus filhos.

— Durma, minha menina bonita. Durma... Logo eles estarão aqui.

Antes de o sono profundo afastar qualquer lembrança, Edna sentiu uma carícia em seus cabelos. O último pensamento foi: "Por que ele nunca fez algo assim quando ainda estava vivo?".

— Achei. O pessoal acidentado da prefeitura está mesmo aqui e minha mãe está bem.
— Graças a Deus — disse Vicki.
— Está na UTI e por enquanto ninguém pode visitar... Minha irmã e minha avó estão chegando, mas ninguém conseguiu falar com o Lúcio ainda.
— Tentou celular?
— A gente só tem um. E hoje ficou comigo.
Rebeca se aproximava devagar dos dois, no hall de entrada do pronto-atendimento.
— E então? — ela quis saber, mantendo-se na porta, um olho vigiando o carro no estacionamento. — Está tudo bem?
— A mãe dele está na UTI.
— Que bom — disse Rebeca, sem ouvir. — Então a gente já fez a nossa parte e dá tempo de ir ao shopping. Se o seu amigo puder explicar como se sai desse bairro, nós...
— Sua irmã tem razão — disse Benja. — Vocês precisam ir. Muito obrigado por tudo, Vicki. Obrigado mesmo.
Vicki lembrou e riu.
— Mas a Jânia está com o celular dela! E ela nunca desliga, só coloca pra vibrar.
— O que foi agora? — perguntou Rebeca.
— As turmas da Jânia e do Lúcio estão juntas na excursão. Nossa irmã pode procurar pelo Lúcio, dar um recado. — Sacou o celular da bolsa.
— Ah, pelo amor de Deus, Vicki, vamos embora! Você já fez o que podia, ele mesmo liga pra Jânia, só dá o número dela.
Victoria perdeu a paciência.
— Escute, Rebeca, eu quero ficar aqui com o Benja.
— O quêêêêê?
O próprio Benjamim também se surpreendeu.
— Mas não precisa, Vicki, obrigado.

— Você dá licença um instante, Benja, que preciso falar com minha irmã?

As duas seguiram até o carro. Rebeca fervia, um monte de críticas e absurdos circulando em sua mente, frases que convenceriam a irmã da necessidade de irem embora. Já a outra...

Victoria se sentia *traída*. Será que Rebeca, a vida inteira estudando em colégio religioso, não ouvira falar da importância da solidariedade? Generosidade e caridade serviriam só nas doações de fim de ano, na forma de brinquedo ou roupa usada?

— Ele é meu amigo, Rebeca. Não vou deixar o Benja aqui sozinho.

— Mas como você é pamonha, mesmo! Daqui a pouco isso enche de gente, ele fica bem, a mãe dele está salva. E aí o que você vai fazer neste fim de mundo? Eu é que não fico aqui.

— Nem pedi pra ficar. Eu, sim, fico aqui e ajudo o Benja a achar o irmão, converso e distraio ele e, quando o Lúcio chegar, volto pra casa. Só isso.

De cara amarrada, Rebeca assumiu o volante. Antes, abriu a carteira, puxou duas notas altas e passou para a irmã caçula.

— Vê se chama um táxi pelo celular e cheque bem o taxímetro. Sabe lá quanto vai sair essa brincadeira, de um fim de mundo desses até em casa...

— Boas compras — respondeu Victoria, agarrando o dinheiro.

No ônibus, as turmas de primeiro e terceiro anos se misturavam, mas mantinham seus limites. Os mais bagunceiros ou casais de namorados preferiam se sentar nos fundos. Os mais certinhos ou calados ficavam na frente, e o meião sobrou para os que queriam variar de estilo. Era onde Lúcio e seus amigos se sentavam, o pessoal do primeiro ano trocando piadas com o terceiro ano.

Dona Sandra era a responsável por aquele ônibus. Antes da partida, tentou conseguir um silêncio razoável para conferir os alunos, mas desistiu, fosse pela balbúrdia ou porque sua caneta havia sumido "misteriosamente".

— Deixe, deixe, ainda acho o engraçadinho — falou timidamente.
Lúcio percebeu as tentativas frustradas da mulher e, mesmo sem ser seu aluno, compreendeu que ela devia pertencer ao grupo dos bem-intencionados. Poderia até lecionar bem se não se intimidasse e acabasse deixando para lá. Enfim, não era problema dele. Virou-se para os colegas e começou a contar:
— Teve um dia em que um alemão grandão apareceu no bar e gritou: "Aqui não tem homem pra mim!". Um americano maior ainda topou o desafio e partiu pra briga... Levou aquela surra. E o alemão, mais furioso ainda, gritou: "Aqui não tem homem pra mim". Então veio um francês enorme...
Nessa hora, Washington interrompeu:
— Vai ver era padre do Covisbe! Algum leão-qualquer-coisa!
Lúcio não aceitou a provocação e continuou sua história:
— O francês encarou a parada com o alemão, os dois gigantes se pegaram e... nada. O alemão continuou vitorioso. Então chegou o brasileiro.
A roda de alunos assobiou, vaiou, aplaudiu. E Lúcio:
— Brasileirinho, pequenininho, cheio de manha, gingando aqui e ali, certo de que ia assustar o outro com sua malandragem, o alemão uns dois palmos maior que ele. Foram pra briga... E sabem o que aconteceu?
Silêncio. A turma esperava.
— O brasileiro apanhou igual aos outros. Pra deixar de ser besta e aprender a lição. Que história é essa de jeitinho brasileiro? Se você quer ganhar a parada, tem de ter preparo, tamanho, competência.
Um colega de Washington reclamou:
— Pô, isso nem é piada! É de um tal Millôr Fernandes, está na apostila de filosofia da professora Lívia.
— Mas vale a pena ouvir de novo! — Lúcio relaxou na poltrona, satisfeito de provocar os colegas.
Nessa hora, uma garota magrela levantou e procurou por dona Sandra, falou alguma coisa para ela e a professora ergueu a voz:
— Lúcio Daveaux! Onde está o Lúcio Daveaux?
Aqui, sou eu, ele está aqui, olha ele aí, vai, Lucinho, risadas, gargalhadas. Lúcio foi gingando pelo corredor do ônibus em movimento, parou diante da desconhecida garota do terceiro ano, tentou entender o que ela dizia.

— A minha irmã está com o seu irmão, parece que tem um recado para você.
— Benja, o que foi? O que foi, fala!
O barulho do ônibus era alto, Lúcio ouvia mal... Mas o pouco que compreendeu foi-se fixando como um prego sendo enfiado em seu cérebro. Largou o celular na mão da garota sem agradecer e voltou à poltrona.
— O que aconteceu, Lúcio? — brincou Evandro. — Paquerando no terceiro ano, agora?
Ele continuou sem responder.
— Menos, cara — disse Douglas. — O Lúcio não parece bem. Que telefonema foi aquele?
— A ligação estava ruim. Era meu irmão. De um hospital. — Lúcio afundou-se na poltrona. — A única coisa que entendi direito é que tenho de agradecer a Deus porque minha mãe está viva.

Os olhos verdes de Benja estavam tão úmidos e tão fixos, por tanto tempo, na parede branca que Vicki sentiu a necessidade, quase física e urgente, de puxar conversa. Falou:
— Desculpe, Benja. Desculpe mesmo.
— Pelo quê?
— Pela Rebeca. Desculpe o jeito dela. Ela foi, bem... ela foi meio egoísta.
"Meio?", quis dizer Benjamim. "O que ela fez foi jogar na minha cara, o tempo todo, o quanto essa carona era um tormento para ela." Mas optou por falar macio.
— Tudo bem, Vicki. Eu entendo.
— Não sei se entende mesmo, Benja... Sabe? Ela é mais velha que a gente, já tem 20 anos, foi ela quem mais sofreu com a doença da mamãe.
— Não sabia que sua mãe era doente.
— Nada assim físico, entende? Demorou para descobrirem. Foi em tanto psiquiatra! Síndrome do pânico. Tem medo de ficar sozinha e de multidão, sei lá, de tanta coisa. Agora ela acertou os remédios, mas, até

darem o diagnóstico, foi a Rebeca quem mais a acompanhou. Tanto exame! Acho que por isso ela ficou daquele jeito. Não gosta mesmo de doença e hospital.
— Tudo bem — mentiu. Nenhum sofrimento próprio justificava ser maldoso com os outros, mas preferiu guardar essa ideia. — O importante é que você está aqui. Está sendo muito legal, Vicki.
Victoria insistia em ampliar explicações:
— A Rebeca é tão independente... Só no ano passado voltou a morar com a gente. Aos 14 anos, começou fazendo umas fotos para revista. Depois seguiu carreira de modelo no Japão, foi com umas amigas da agência. Não que ela precisasse, mas ganhou um bom dinheiro. Aos 18 comprou o carro, tem uma poupança legal. Papai sente o maior orgulho dela.
As pessoas da sala de espera iam saindo aos poucos. Logo restaram apenas eles e mais um casal idoso, isolados entre as dezenas de cadeiras vazias. Silêncio. E, para tristeza de Vicki, o olhar de Benja voltou a ficar vidrado na parede branca. Ela tornou a falar:
— No começo, quando a Rebeca apareceu em um monte de revista, mamãe começou a juntar os recortes, a montar o portfólio. A gente até se animou, achou que ela melhorava. Mas isso não durou muito... Aí a Rebeca contratou uma empresa de marketing, eles mandam toda semana o clipping para casa com o que saiu na imprensa sobre a carreira da minha irmã. Sabia que ela quase foi escolhida para a campanha da Pepsi Light?
Benjamim, de repente, segurou nas mãos da amiga. Com força. E olhou para ela.
— Por favor, Vicki. Por favor, mesmo... Pare de falar da sua irmã, está bem? Eu não quero saber dela.
— Ooops. Desculpe. Pensei que falando, sabe?, distraía.
— Não fique chateada, por favor, fale à vontade, mas nada da Rebeca. Não quero saber da Rebeca.
As mãos dele continuavam segurando as dela e Victoria achou que aquele pedaço de pele se aquecia, se tornava mais importante que todo o resto do corpo... E começou a suar e não queria puxar as mãos, mas se sentia encabulada. E, quando encabulava, falava.
— A minha irmã do meio é a Jânia. Botaram uns nomes fortes na gente, né, não? Rebeca, Jânia e Victoria. A Jânia vai fazer 18 anos em dezem-

bro, está no terceiro ano, mas não tem a menor ideia da carreira que quer seguir. Modelo? Não... Ela é magra, sim, até mais que a Rebeca e do que eu. Eu?! Sou uma elefanta, perto das duas! Mas a Jânia também é baixinha e não se liga em moda, em cuidar da pele, do cabelo... Anda com uma bolsa enorme pra cima e pra baixo e tem cada uma... Sabia que, quando ela tinha uns 12 anos, não queria mais trocar o tênis? É verdade! Usou o mesmo tênis até apodrecer, meu pai teve de arrancar do pé dela e...

— Vicki, por favor, Vicki. — Ele apertou as mãos da garota e os dedos dela estremeceram. — Não fale nada de uma irmã nem da outra. Fale de você.

— De mim?
— De você.
— Mas eu não tenho nada pra contar de mim!

Vicki puxou as mãos de entre as dele, alisou o cabelo comprido para trás, uns fios se grudaram na pele suada da nuca. E encarou o olhar.

— Nada...?
— Nada.
— Mentira. Você teria mundos inteiros, livros imensos para contar sobre você.

Ela riu.

— Você, Vicki, podia começar dizendo que é muito linda, que é tão alta, que tem um corpo todo bonito.

— Aaaaah, Benja!

— Nunca mais fale uma estupidez dessas, "elefanta", como você falou. Você é perfeita, é normal, as suas irmãs é que são magras demais. Mas essas são as coisas do corpo e você tem outras coisas, muito mais, para contar. Coisas de dentro de você.

— Sou meio burrinha, vou mal na escola.

— Pare com isso! — Benjamim se irritou. — Pare de se fazer de tola ou de fútil ou de mimada ou de riquinha. Você é muitomuitomuitomuito mais que isso, é... — Ele falava com tanta verdade que até se comoveu. — Você é especial. É uma amiga de verdade. Alguém para se confiar a vida, se fosse o caso. E eu... eu gosto cada vez mais de você.

"Ah, Deus!", pensou Victoria, os olhos se perdendo no olhar verde dele, "o que está acontecendo comigo? A mãe do cara sofre acidente, estamos em um hospital e fico assim, atraída e excitada, pensando nessas coisas?".

O casal idoso cochilava, abraçado. Ninguém no corredor, ninguém à vista. Benjamim segurou no queixo de Victoria.

— Oh, garota. Se deixasse, como ia ser fácil me apaixonar por você.

Ela não recusou quando os lábios dele vieram e pousaram delicadamente nos seus.

Capítulo 7

FOI PADRE LEON QUEM LEVOU a doente para casa, quatro dias depois, no carro emprestado por padre Homero.

Não era um momento alegre para o padre conhecer a casa e o restante da família Daveaux de Assis. Mesmo assim, foi recebido com honras de visitante ilustre: Lenira, a filha mais velha, exibia as gracinhas do seu bebê de oito meses e logo explicou como acabou mãe solteira, sem ter culpa de nada; dona Yolanda revelou atenções de mãe zelosa, ofereceu almofada para Edna apoiar o braço e, meio minuto depois, se voltava para o padre, com cafezinho e biscoitos; os dois cachorros, Egípcio e Navarra, "marcaram território" se agarrando às calças do convidado, e até o papagaio deu de soltar os palavrões em francês, que o discreto Leon, com o rosto vermelho, fingia desconhecer.

Edna sentiu vergonha por tudo aquilo, mas se calou. Ajeitou-se como deu no sofá e com as almofadas, e só olhava a humildade exagerada de Yolanda, que aceitou o dinheiro do padre e guardou as notas no sutiã; o olhar dissimulado de Lenira em cima dessa grana, dizendo que ela, sim, claro, compraria corretamente as "pomadas caras e os antibióticos da doentinha".

A "doentinha" fervia de preocupação. Refletira muito, fizera muitas contas e organizara o orçamento doméstico no repouso forçado no hospital. Por sorte, não teve nenhum ferimento mais grave, ao contrário do que aconteceu com seu chefe e o outro ajudante, ainda internados. A ex-

plosão de gás atingiu o seu lado direito, ombro, braço e mão, o que a impediria de trabalhar por, pelo menos, três meses.
— O senhor está fazendo muito pela gente, padre. — Foi sincera na despedida. — Deus vai recompensar.
— Oh, Edna. Se somos parentes... — riu Leon.
— Não é bem assim, tem parente que é pior que o diabo... Oh, desculpe. E obrigada pelos meninos também.
— E eles?
— Daqui a pouco estão aí.
Quando os garotos chegaram, toparam com Edna sentada à mesa da cozinha, o rosto concentrado, quase feroz, silenciosa, a casa em penumbra.
— Mãezinha! A senhora não devia estar na cama? — Benja lhe deu um beijo na testa.
— Depois. Agora, quero que vocês se sentem aqui, com sua irmã e sua avó. Vamos conversar.
Família reunida em torno da mesa, cinco cadeiras exatas, o nenê Guilherme no colo da mãe, os rostos inicialmente despreocupados.
E Edna começou:
— O dinheiro vai andar curto.
— Mas a prefeitura vai pagar, claro! — disse Lenira.
— O salário inteiro, como licença médica. E mais um bônus, porque foi acidente que aconteceu no trabalho. Mas fiz as contas. É pouco. Com a mão desse jeito, sei lá quando volto à imobiliária do seu Arruda para ajudar na digitação.
— Eu posso ir no seu lugar — sugeriu Benja. — Três vezes por semana, não é? Se seu Arruda concordar que seja às segundas, terças e quintas, eu...
Edna interrompeu erguendo a mão boa.
— Nem pense nisso, Benjamim, que sua obrigação é estudar. É isso o que eu quero. Quem vai no meu lugar é a Lenira.
— Eeeeu? — Lenira arregalou os olhos e Yolanda riu. — Por que eu? Não fiz nada.
— Não fez nada, mesmo. E por tempo demais. Está mais do que na hora de ajudar nesta casa.
— E o Guilherme? Ele ainda está mamando!
— Desmame. Oito meses é boa idade pra isso.

— Mas quem vai cuidar dele? A gente não conseguiu vaga na creche.
— Sua avó cuida.
Yolanda murchou o riso.
— Você sabe que não tenho jeito com criança, filha.
— Aprenda a ter. E depressa. Vou avisar as vizinhas de que a senhora cuida também de outros nenês, do pessoal que não conseguiu creche da prefeitura.
Lenira mudou o endereço da sua revolta.
— Pronto, agora quer fazer a gente pagar o pato. É culpa da gente se a senhora sofreu um acidente? Vá reclamar com Deus. Ou com o padre. Pede ajuda a ele, ao tal priminho Leon.
— Se alguém desta casa se atrever a pedir um centavo ao Leon, pode arrumar a mala e cair fora.
— Minha filha, mas a caridade cristã...
Edna estendeu a mão boa para a mãe.
— Passe já o dinheiro do padre. Isso, sim, é caridade cristã. Um dinheiro extra para me comprar os remédios. Por isso eu aceitei.
— Mas eu ia comprar! — Yolanda achou as notas, tirou-as sem jeito de entre as roupas. — Filha, que absurdo, por acaso você pensou que eu não ia usar esse dinheiro para...
— Se a senhora ia gastar no bingo ou na farmácia ou no brechó, não me interessa. Não quero saber o que ia fazer ou deixar de fazer. O que *eu* vou fazer é ligar para a farmácia e pedir a entrega dos *meus* remédios, que eu mesma pago... — chacoalhou as notas bem fechadas na mão — ... com a caridade do padre Leon.
— *Isso não é justo!* — Lenira arrebentou num choro berrado e sem lágrimas. — E eles? A senhora vai se vingar em cima da vovó... Vai me fazer trabalhar de noite... Vai tirar o leite de peito do seu neto! E eles? — Apontou para os irmãos. — Eles não fazem nada, os bonitinhos?
— Eles vão continuar estudando. E, coitados deles, ainda mais do Benja, se tirarem nota baixa.
— *Isso não é justo!* — Mais grito que lágrima, de novo. — Também sou neta do francês! Também merecia escola de rico!
Edna não ergueu o tom de voz.
— Você nunca quis saber de escola, Lenira, nem de rico nem de pobre. Cansei de avisar pra nunca largar estudos, pra se dedicar, não cabular aula. E pra se prevenir, não andar aí, pra cima e pra baixo com aquele

vagabundo do seu namorado, que aquilo não era coisa que prestasse...
Você não quis ouvir.

Edna suspirou e prosseguiu:

— Fez tudo da sua cabeça, minha filha, repetiu ano após ano na escola, desmiolou-se com o cara, nem pra fazer o infeliz usar uma camisinha você fez. Engravidou. Eu aceitei você e meu neto, ah, amo o Guilherme de coração, que criança é inocente e não tem culpa dos erros dos pais, mas...

Então Edna gritou:

— Juro, juro mesmo, Lenira, que se vier com mais uma reclamação, se não trabalhar direito com seu Arruda e se não trouxer o dinheiro todo, todinho, em ordem, *juro que boto você pra fora.*

— Vai fazer isso, mãe?... — Lenira gemeu. — Teria coragem de botar a filha pra fora da própria casa?

— *Própria casa?* — Edna repetiu. — Quem tem a chave do cofre tem a chave da casa, Lenira. E esta casa, esta aqui, caindo aos pedaços, comprada à prestação por mim e pelo meu marido, tem uma dona só. Que sou eu, que sustento as coisas. E, se não entender isso, minha filha... — Um fio de lágrima brilhou no olho, mas só brilhou, e a voz ficou mais dura. — Boto você, o neto, o leite do peito do neto, a roupinha de nenê e a mamadeira, tudo, porta afora desta casa. — Virou-se para Yolanda, que começava a sorrir. — E Deus me livre também, mãe, mas a senhora vai junto.

— Eu? Minha filha, o que foi que eu fiz?!

— Deus me livre de novo se não foi a senhora que ajudou nas desmiolices dessa menina, com exemplo de viver às custas dos outros, jogar tudo nas minhas costas, levar a vida sem compromisso. Então, mãe, se não quiser o trabalho de babá e se acha que a vida está dura demais aqui nesta casa, a porta está ali. Entendeu? Pode fazer companhia pra sua neta, no olho da rua.

Pegou fôlego.

— De agora em diante, é assim que vai funcionar. Entenderam?

Neta e avó, caladíssimas. Edna se virou para os filhos.

— Agora, um de vocês, me ajude a deitar na cama. Essa conversa deixou o ombro assim doendo e tenho de ligar pra farmácia e pedir logo o meu remédio.

Lúcio fez questão de amparar Edna com carinho e foi com um orgulho danado que a ajudou a chegar ao quarto.

Na escola, era pouco. Benjamim e Victoria queriam se ver o tempo todo, se tocar, cochichar por qualquer motivo, rindo e mergulhando assim, olhos nos olhos, numa cumplicidade que se fazia de pele, carne, sons e silêncios.
    Ficavam juntos no refeitório, na biblioteca. Rabiscavam nas páginas dos cadernos um do outro quando copiavam matéria da lousa e mesmo nos momentos de ouvir as explicações do professor, matéria expositiva, o olhar de um borboleteava até o outro, fazendo contato.
    Era impossível que amor assim não fosse farejado que nem caça. Mesmo que eles fossem discretos e nunca se beijassem ou se abraçassem com maior intimidade dentro dos muros da escola (até porque namorar era punido com meia dúzia de RAs furiosos), o zum-zum-zum aumentava. Quando Lúcio por acaso viu no site da Tati um flagrante de afeto dos dois e a legenda "Cupido ataca no Covisbe?", achou que era hora de uma conversa.
    — Vejo você sempre com a mais nova das Sposito. E aí?
    — Aí, o quê? — Benja sustentou o olhar meio curioso, meio advertência do irmão. — Ela é legal.
    — Só isso? Legal?
    — O que você queria que eu dissesse?
    O trem estava atrasado, Lúcio conferiu o relógio e falou:
    — Vê lá o que vai fazer, Benja. Esse tipo de paquera, não sei não... Pelo menos, escolhesse alguém mais... sei lá, mais comum.
    — O que você quer dizer com isso? Que alguém como eu só devia me interessar pela filha do porteiro, que também é bolsista como a gente?
    — Ela é até bem bonitinha.
    — Se você gosta dela, bom proveito. Agora, Lúcio, o que você quer de mim, hein? Se tem alguma coisa pra falar da Victoria, desembucha, tá?
    — Então vai, desembucho: ela é problema. Entendeu? *Problema!* A menina e a família dela é *tudo problema!* As Sposito são de uma família supertradicional na escola. A mãe delas estudou no Covisbe. O pai é um empresário italiano, que veio mesmo da Europa, tem o nome no Conselho da Família. Sondei o meu amigo Douglas sobre eles. O Douglas disse que eles são muito ricos, muito fechados, muito conservadores.

— Não acredito que você teve coragem de... sondar minha amiga. O que mais descobriu? Alguma história da máfia? Vão me dar um tiro na testa se a gente estiver namorando?
— Então vocês estão namorando?
— O que você tem com a minha vida? E se for?
— Isso é ruim, Benja. Muito ruim.
O trem chegava, Benjamim desconversou. Havia combinado com Victoria que esconderiam o namoro o maior tempo que conseguissem.
— Ela é uma pessoa legal e a família dela... Bem, tem problemas, como todas as famílias.
— ...?
— Pare de fazer essa cara, Lúcio! — Benjamim subiu no vagão quase empurrando as pessoas, falou por cima das cabeças. — Se você não acredita, vai lá ver.
— Ver o quê?
— A casa deles, ora! Amanhã é aniversário da mãe delas, a Vicki me convidou para a festa.
Benjamim conseguiu um lugar sentado ao lado de uma senhora, estendeu as mãos para segurar o material de Lúcio, que ficou de pé a seu lado. Concluiu:
— E quer saber? Você também está convidado. A Vicki falou que, se você quiser aparecer na festa, tá limpo. E, por mim, pode levar os seus cães de caça também. Quem sabe o Douglas descobre um cadáver escondido no guarda-roupa dos Sposito.

Capítulo 8

— Iiiiiiiiiiiiiiiiiiiiiih — reclamou Douglas. — Se prepare, Lúcio, e forre o estômago antes. Festa em casa de rico, rico mesmo, sempre tem pouca comida.

— Não acredito, gordinho! Deve ser pouca comida pra você, que é esganado.

Intervalo de aulas. Douglas detonava o segundo saco de batatas fritas. Adorou ser convidado também e tirava as dúvidas sobre a festa nos Sposito.

— Vai ser jantar à francesa, bufê americano ou só coquetel?

— E eu sei? O Benja disse que é aniversário da coroa, da mãe delas. A Vicki me convidou e disse que podia levar mais alguém. Só isso.

— Bom, o aniversário é da mãe delas, mas deixaram a filha trazer os amigos, então deve ser bufê. Menos mal, dá pra gente se servir. Não esquente. Os adultos se enturmam entre eles, é como se a gente não existisse. Povo rico nunca dá bola pra criança ou adolescente. Filho só começa a ser ouvido depois que trabalha no negócio da família ou depois que provou ser capaz de ganhar algum dinheiro sozinho.

— E roupa? O que rola?

— Iiiiiiiiiiiiiih, aí a gente precisa ficar esperto. Já vi de tudo: desde um velhão, avô de um cara aí da escola, com nome de rua e família quatrocentona, que só usava moletom até mãe de colega que fez maquiagem definitiva para não desbotar nem na hora de tomar banho. Estilos variados, cara. Mas as Sposito parecem bem chegadas em moda.

— Estou vendo — ironizou Lúcio.

Apontou para o final do pátio, onde Jânia Sposito conversava com umas meninas. A camiseta era larga e disfarçava as costas curvadas para a frente, mas o jeans sobrava um bocado no traseiro, e provavelmente era tamanho PP.

— Ela é feinha, né? — comentou Douglas. — E olhe que reconheço não ser nenhum príncipe.

Lúcio deu de ombros.

— Sei lá se é feia. É magra, isso, sim. E acho que bem esquisita. — Virou-se, apontou para a outra ponta do pátio. — Mas ela não é meu problema... A irmã dela é que é.

Benja e Vicki conversavam perto do muro. Mesmo que Tati e outras meninas estivessem por ali, a linguagem corporal deles — gestos de mão, mão no cabelo, cabelo mexido, olhares, sorrisos — revelava bem mais que amizade.

— Se eles se gostam mesmo, Lúcio, o que te preocupa? Tem problema nisso?

— Não sei. É o que pretendo descobrir esta noite.

Os irmãos não foram juntos para a festa. Benja quis passar antes no shopping; usou as economias para comprar uma camiseta nova e seguiu direto para a casa de Vicki.

Lúcio se ajeitou com o que tinha no armário: uma camisa branca e o tênis da educação física. Pretendia ir de ônibus, mas, quando Douglas reconheceu, encabulado, que jamais usara transporte público na vida, Lúcio concordou com a mordomia da carona e do chofer do amigo. Encontraram-se perto da escola, às 19 horas.

Como era escuro o bairro de Marati! Isso foi o que mais surpreendeu Lúcio quando o chofer de Douglas virou aqui e ali, em ruas maiores e menores: as casas estavam escondidas por muros, árvores, guaritas. E sempre em penumbra. "No meu bairro, essa escuridão é sinal de pobreza, descaso da administração pública... Aqui é o quê? Status? Esconderijo?", pensou Lúcio.

A casa dos Sposito não se diferenciava da dos vizinhos: com o número pouco visível, era um sobrado tão esparramado que parecia casa térrea, ocupando um terreno com jardim, garagens, luzes indiretas. Lá dentro, a arquitetura também privilegiava a sombra e a amplitude. Inúmeras salas e divisórias, e todas as luzes pareciam vir de lugares inesperados: do chão, de um vão de concreto, de uma máscara na parede, de uma quina do teto.

— Essa é a minha mãe — Vicki apresentou.

Era bonita, Lúcio reconheceu. Alta e magra como as filhas, o cabelo tingido num tom loiro-acobreado. Se a visse na rua, nunca diria que era mãe de três adolescentes; parecia mais uma mulher na casa dos trinta anos. Sua beleza, porém, era sem vida, sem destaque. O olhar mostrava um reconhecimento lento, como se enxergasse um lugar distante de onde vivia e, ah!, talvez preferisse viver naquele outro lugar. Cumprimentou o grupo de maneira geral.

— Os amigos das minhas filhas são sempre bem-vindos. O Lorenzo chega daqui a pouco, pediu que eu fizesse as honras da casa.

— Parabéns, dona Leonor — disse Benja, estendendo a mão.

— Parabéns...? — Ela demorou para aceitar o cumprimento.

— Pelo seu aniversário. A Vicki disse que a senhora faz aniversário.

— É, sim. É isso. Hoje as pessoas estão aqui reunidas pelo meu aniversário.

Outros convidados chegaram e Leonor foi fazer "as honras da casa", aquela frase pomposa dita com a mais tranquila naturalidade.

Um grupo de 25 pessoas se espalhava por uma sala ampla, que também dava acesso a outras menores e a uma varanda. A maioria dos convidados tinha idade aproximada da mãe das Sposito, mas havia também outros jovens. Lúcio olhava casualmente para as pessoas e gelou ao descobrir Sérgio em um canto.

— Pensei que a Vicki só ia convidar os amigos dela — Lúcio falou nos ouvidos de Douglas e apontou Sérgio com a cabeça. — Olha quem apareceu também.

— Ele é primo das Sposito.

— O quê?

— Não sabia? E a Tati também. — Apontou para ela e acenou.
— Pelo visto o Covisbe é uma grande família — ironizou Lúcio.
— Mais do que você pensa. Olhe! O Sérgio viu a gente.

Douglas forçou a expressão risonha e fez um tchauzinho. Sérgio fingiu não os ver e isso animou Lúcio. Se teria de engolir o cara, ele também não mostrava o menor prazer em encontrar os "parentes pretos do padre" na festa familiar.

— Onde foi parar meu isqueiro? — Uma mulher ruiva levantou do sofá e conferiu ao redor, erguendo a bandeja de canapés, as almofadas, os copos.

— O que foi, Wilma? — perguntou um homem de terno cinza. — O que você perdeu?

— Estava aqui agora mesmo, em cima do maço... — Continuava procurando. — Sumiu!

— O que sumiu? — perguntou outra mulher.

— Meu isqueiro — a ruiva repetiu.

— Use o meu, pronto. — O homem tirou o isqueiro do bolso e acendeu o cigarro que Wilma mantinha erguido. — Era coisa cara?

— Não chegava assim a ser uma joia, mas trouxe de Nova York. Um suvenir! — Então falou mais alto, para quem estivesse a distância também ouvir: — Queridos, se alguém achar um isqueiro, eu agradeço! É de metal prateado com um enfeite escuro na lateral.

— Olhe! — Douglas cutucou Lúcio. — Aquele ali é o pai da Vicki, da Jânia e da Rebeca. O chefão da casa — brincou. — O empresário Lorenzo Sposito.

O homem entrou discretamente na sala, mas sua presença se impunha de modo natural, e todos viraram para olhá-lo. Seus cabelos eram fartos e grisalhos, a pele de um moreno de quem toma muito sol. Parecia esportivo e à vontade na camiseta da moda e com calças brancas. "Será?", pensou Lúcio. Achou aquela informalidade um bocado ensaiada... Era o tipo de cara que gostava de armar um teatro e, certamente, ficar sempre com o papel principal.

Essa impressão se acentuou quando Rebeca correu para cumprimentá-lo. Vicki automaticamente se afastou dos colegas para também beijar o pai; a mãe estava de costas, conversando com umas mulheres e, ao perceber a entrada de Lorenzo, parou a frase no meio. Parecia pose se armando em fotografia, o grupo familiar reunido... Lorenzo sorriu e murmurou alguma coisa no ouvido de Rebeca. Ela olhou ao redor, afinal localizou Jânia, fez um gesto de cabeça e a irmã do meio foi, um tanto desajeitada, juntar-se a eles.

Lorenzo ergueu a voz:

— Obrigado pela presença de todos. Desculpem a demora, mas, depois de um dia puxado, precisava me ajeitar um pouco, entendem? Muito me alegra que tenham vindo ao aniversário de Leonor. Não vou dizer quantos anos ela faz, porque para mim Leonor tem eternamente 18 anos!

Risos discretos, uma tentativa de aplauso.

— Obrigado, fiquem à vontade, obrigado...

Fim do ritual. Rapidamente, Jânia se afastou, tão desengonçada como havia se aproximado. Leonor aceitou a discreta autorização do marido e voltou aos convidados; Rebeca aproximou mais o corpo do pai, em conversa cochichada. Vicki se juntou aos colegas de escola.

— Ah, meu pai é um barato! Sempre com essas gracinhas... "Eternamente 18 anos" — arremedou. — Tão romântico! Tão espirituoso!

"Espirituoso?", Lúcio pensou, com ironia, servindo-se do primeiro canapé. "Feito uma aranha caranguejeira andando num pudim de creme."

Estaria dormindo? Edna ouviu nitidamente a risadinha que terminava num pigarro — a marca registrada do pai. Abriu os olhos. A luz da TV, vinda da sala, azulava as paredes de seu quarto. Percebeu que Yolanda e Lenira estavam ali e comentavam do filme, mas essas vozes não lembravam a risada do pai... *Nada* seria semelhante àquela risada.

"Velho Pi está morto. Deixa de besteira, mulher", pensou enquanto se acomodava nos travesseiros.

Então ouviu a voz dele.

— Gostei de ver o que fez com a família, Edna. Devia ter feito isso há muito tempo.

Ela abriu os olhos, o coração gelado. No hospital, tivera aquela visão (ou devaneio de doente?) com o falecido pai. Mas agora em sua casa... Não seriam os remédios?

— Sossegue, filha. Está tudo bem.

Edna engoliu em seco, a garganta fechada, uma sede brutal. Arregalava os olhos, tentando ver mais do que a penumbra do quarto permitia. Era ele mesmo, o rosto do velho Pi, numa criaturinha encolhida e torta, acocorada na beira de sua cama. "Por que o pai aparecia assim pequeno e feio, quase anão, por que...?"

A voz interrompeu suas ideias.

— A gente aparece como dá pra aparecer. Non é fácil sair daqui, non.

— O sotaque do velho Pi parecia não ter melhorado no Além.

— O que o senhor quer, pai?

— Ver a família, saber como andam.

— Ah, pai... O senhor nunca foi de se interessar pela gente em vida, vai fazer isso depois de morto?

— Como non? Sempre gostei muito de vocês! Até de Norberto. — Novo riso pigarreado. — Ele é que non gostava de mim.

— Pai... O senhor pode ver o Norberto agora? Aí, sei lá! — Benzeu-se. — Onde o senhor está?

— Menina! Aqui non é uma sala de bate-papo onde os mortos fofocam dos vivos!

Edna puxou o lençol sobre o corpo, incomodada e infeliz com o comentário. A aparição mudou o tom, falou mais seriamente.

— Mas non vi Norberto. E, se posso dizer agora, eu fiquei bem triste quando ele morreu. Ton novo! Atropelamento besta. Tirou um pai de família, flor da idade. Naquela época, non falei isso, mas hoje falo, pronto! Gostava dele.

Era mesmo o pai? Edna sentou-se na cama, arregalou os olhos. Era, sim... Tão pequeno e os ombros para dentro, mas o modo de sorrir e olhar eram absolutamente familiares.

— Por que o senhor está aqui, pai?

— Para ajudar. Preciso contar uma história. Por isso, vim de ton longe. Feche os olhos, filha, e ouça.

Velho Pi esperou a filha obedecer e começou:

— A pesca dos caranguejos no Ártico é feita de um modo bem interessante... Os barcos jogam grandes gaiolas no mar. Os caranguejos são atraídos pelas iscas e ficam presos por muito tempo, até serem puxados a bordo. Non fazem nada para mudar seu destino. Vai ver, até gostam da prisão! Mas, ah, alguns deles percebem a armadilha. E lutam para sair. Só que, quando isso acontece, os demais caranguejos, aqueles que nem tentavam escapar, se unem para impedir que os mais espertos, os mais corajosos, que os melhores de alma saiam daquele destino comum. O destino deles pode ser terrível, mas os covardes, os fracos, os maus, se *non* podem mudar esse destino, nunca aceitarão que outros façam isso.

Silêncio.

— Que história é essa, pai? O que o senhor quer dizer com isso?

Não teve resposta. Abriu os olhos.

— Pai? PAI!

O quarto vazio.

Douglas tinha razão na distribuição geográfica da festa. Mal o bufê foi servido, automaticamente os adultos se fixaram na sala grande e os mais jovens seguiram para a sala menor, próxima à varanda.

Falaram de música, comentaram de professores do Covisbe e depois o grupo se dividiu. Um pessoal mais animado se lembrava de férias e de micos.

Douglas roubou a conversa com um caso pitoresco da sua família.

— Uns anos atrás, quando o meu pai começou a ficar mais endinheirado, a gente fez a viagem dos sonhos dos novos-ricos... Pra onde? Orlando, é claro! Lá foi todo mundo pra Disney. Para mim ia ser legal, mas a minha mãe é que parecia criança! Durante semanas ela falou das atrações, como os Piratas do Caribe, aquele carrossel de xícaras e o castelo da Cinderela! Claro que era divertido, só que mamãe foi pirando.

A história continuou, com Douglas explicando que a mãe se entusiasmou porque o guia da excursão falou que haveria um jantar de despedida "à moda antiga". Ela vestiu roupa de festa e chegou a descolar um mini-smoking para ele. Todos seguiram numa van até o local do jantar, onde o guia apareceu distribuindo tickets, da mesma forma que nos parques. Era uma arena de pelejas medievais, com o público comendo com a mão e jogando pão uns nos outros.

— E, mesmo que a gente estivesse assim mais arrumado que pra casamento de luxo, valeu à beça se empanturrar de comida com a mão, gritar incentivos para os lutadores, torcer soprando numas buzinas... Pena que não acabou assim. Mamãe assumiu a derrota e o papelão, mas não deixou o ônibus da excursão sair antes de eu tirar uma foto do lado do príncipe vencedor da peleja... Pelo menos um miquinho eu tive de pagar!

O pessoal riu, alguns lembraram coisas parecidas... Jânia ouvia, distraída. Puxou um naco de unha com o dente, falou:

— Mamãe adorou os Piratas do Caribe. Ela disse que um dia, se tivesse chance de nascer de novo, queria voltar como isto: um dos bonecos articulados dos Piratas. Que seria uma vida linda, ficar o tempo todo lá, fazendo sempre a mesma coisa...

— Foi uma brincadeira, Jânia! Imagine se ela... — disse Vicki.

— Não, você era menor, não se lembra. Eu lembro, ela falou aquilo a sério! Nunca vi. Ficou até comovida.

— Mãe às vezes fala cada coisa pra impressionar os filhos... — Vicki revelava um nervosismo fora do comum.

E, como uma perturbadora coincidência, Leonor entrou na saleta.

— Tudo certo, mãe? — Vicki abraçou-a por trás, deu um beijo em seu rosto. — Que festa legal de aniversário, não é?

— Seu pai sempre faz boas festas. — Com o mesmo olhar distante, pareceu nem reparar muito no abraço da filha.

Leonor se afastou até o parapeito da varanda. O pessoal se espalhou em outros grupos. Vicki continuou ao lado da mãe; Rebeca, que se dividia entre as duas salas, também se aproximou dela. Lúcio deu um jeito discreto de ficar por perto, Benjamim também.

Leonor apoiou a mão na amurada, olhos muito retos sobre o jardim. Deu um suspiro fundo.

— Queria tanto que o jardim ficasse lindo. Fiz de tudo para as plantas crescerem bonitas, podei as mudas, replantei... Acho que não gostaram de mim.

— Mas está lindo, mamãe! — disse Vicki, otimista, mas com uma olhada preocupada para a irmã mais velha. — A senhora fez tudo direitinho. Se as roseiras não cresceram, é porque...

— A gente muda de jardineiro, mãe — disse Rebeca. — Vai tudo ficar do jeito que a senhora quiser.

— Será? — Leonor olhou para as filhas, depois para o jardim. Outro suspiro fundo. — Esse jardim ia ser, sabem?, uma outra razão. E foi embora! "Essa mulher é louca!", pensou Lúcio e olhou assim, por olhar, para as irmãs Sposito. Surpreendeu o sorriso esquisito de Rebeca. Ela falou, sem que pedissem explicação:

— O jardim ia ser mais uma razão de mamãe viver... É uma bobagem dela. No ano passado, ela leu um livro em que o personagem fazia um levantamento das razões que teria para viver. Eram só besteiras, coisa assim tipo a comida de um restaurante, uma boa marca de vinho, conhecer tal artista de cinema ou viajar para tal lugar. Mas mamãe ficou superimpressionada e resolveu fazer a lista dela. Também só colocou besteiras, e esse jardim era uma dessas razões. Por quase um ano, arrumou as mudas e plantou, regou, cuidou. Parece que não deu muito certo.

Rebeca também se afastou.

— Que jeito estranho de falar da mãe — resmungou Lúcio.

Benjamim olhou feio para o irmão e também saiu de perto, junto com Vicki.

Os garçons passavam com novas bandejas de canapés. Douglas perguntou:

— E aí, Lúcio, o que acha de sua primeira festa com a burguesia do Covisbe?

— Sei lá. Se toda festa é desse jeito...

Na sala dos adultos, começou uma tentativa de baile. O pessoal jovem entrou, tocava uma velharia, rock dos anos 1970, Benja e Vicki aderiram ao grupo que dançava. Benja era naturalmente um bom bailarino; bastou prestar um pouco de atenção e já fazia os passos abaixados, os gritinhos, o dedo erguido para cima em pose que John Travolta nenhum botaria defeito. Ao final da música, Vicki se agarrou nele e foi por um triz que não trocaram um beijo ali mesmo, no meio da pista.

Lúcio mal reparou quando Sérgio ficou a seu lado, chacoalhando o gelo no copo.

— Não fazia ideia de que os priminhos do padre sabiam dançar tão bem. Parabéns!

— Dê os parabéns ao meu irmão. Eu sou pé de chumbo.

Sérgio apontou o casal com o copo.

— Minha prima e seu irmão parece que se dão muito bem... E aí? Será que a gente ainda vira parente?

Olho no olho. Lúcio reparou, satisfeito, que o cara usava outro tipo de brinco, uma chapinha grudada na orelha. Sérgio percebeu a direção do olhar do outro, apertou o brinco, o riso murchou. Lúcio tornou a encarar o baile.

— Nem sei do que você está falando, cara.

— Ora, vai dizer que seu irmão e a Vicki não estão assim... muito a fim um do outro?

— Olha, Sérgio, não sei desse assunto. Isso é coisa deles. E, mesmo que eu soubesse, nunca ia fazer fofoca com um cretino como você. E dá licença.

Voltou à varanda. "Ufa!, o clima desta festa é de congelar pernilongo no ar", pensou.

Estava sozinho. Tomou o gole final do refrigerante, pousou o copo no peitoril da varanda, olhou para a noite e...

Viu o brilho.

Do meio das plantas do jardim, apareceu uma luz fraca, que piscou e parou. E de novo. Escuridão-brilho-escuridão.

O que seria aquilo? Vaga-lume?

Jânia estava escondida em seu lugar favorito. O chorão tinha ramas que desciam até o chão, formando uma cortina. Era lá, protegida como num útero, que a menina conferia os seus tesouros.

Segurou o isqueiro de Wilma entre as palmas fechadas, esfregando-as redondamente, com prazer. A tentação de ver o objeto furtado falou mais alto e o acendeu. Uma, duas, três vezes. Mal e mal conseguiu ver na prata o reflexo dos detalhes, o brilho do metal no negrume da noite. Gostou muito dele. Gostava de tudo que possuía, que pegava...

Súbito, o medo de ser descoberta. Apertou de novo o isqueiro entre as mãos, olhou em volta, fixou a vista na casa, na festa. Alguém estava na varanda. Quem seria? Não poderia vê-la, já havia testado aquele esconderijo, tinha certeza de que a ramagem a protegia. Mas todo cuidado era pouco.

Sempre é pouco. É preciso estar atenta, afinal. Se você quer ser, bem, se quer viver aventuras, tem de aceitar os riscos. Enfrentá-los. Ter coragem e ousadia. Dissimulação e rapidez.

Gostou da enumeração de palavras, das definições de seus atos. No escuro mais fechado, Jânia sorriu.

Nunca pensou no que fazia como roubo, furto, atos de uma ladra. Não! Para ela, era ser diferente. Aventureira. Alguém que enfrentava os riscos e colecionava emoções.

— Colecionadora! — disse em voz mais ou menos alta. — É isso, tenho uma coleção.

Em seu quarto, debaixo da cama, numa tábua estrategicamente solta, estava a caixa dos tesouros. Objetos mais antigos e recentes. Nada muito grande ou precioso, pois o que a levava a furtar não era o valor, mas a oportunidade. O fato de que aquele objeto se fazia estimado por alguém.

Então havia o batom de uma das empregadas, peça furtada do próprio avental da proprietária; o apito do professor Rui, de educação física, que tanto provocava as meninas lentas, como ela; um enfeite de cabelo da mãe; o anel de macadame de uma tia; a caneta, surrupiada da professora Sandra no dia da excursão do Covisbe, e mais uma dezena de outras pequenas preciosidades.

E, agora, o isqueiro da Wilma! Ergueu o troféu. Viu que o vulto da varanda havia partido. Gloriosa, clicou a peça, a chama repentina e adorável... Nada de Wilma, agora o isqueiro era dela!

Outra peça para sua coleção.

Capítulo 9

AULA ESPECIAL DE FRANCÊS. Juntavam-se alunos de idades e séries diferentes, e dona Françoise passava filmes sem tradução, exercícios específicos de gramática, propunha temas de conversação... Não era desagradável (essa parecia ser uma regra do Covisbe, nunca ter um ensino desagradável), mas era difícil. Principalmente para quem jamais vira uma linha do idioma em sua vida.

Dona Françoise gostava também de citar pequenos poemas e fábulas, mesmo com maior grau de dificuldade. Dessa vez, estudavam La Fontaine:

Le lion abattu par l'homme
On exposait une peinture
Où l'artisant avait tracé
Un lion d'immense stature
Par un seul homme terrassé.
Les regardants en tiraient gloire.
Un lion en passant rabattit leur caquet.
"Je vois bien, dit-il, qu'en effet
On vous donne ici la victoire;
Mais l'ouvrier vous a déçus:
Il avait liberté de feindre.
Avec plus de raison nous aurions le dessus,
Si mes confréres savaient peindre."

Lúcio traduziu a fábula à sua maneira, focando o sentido dela. Ficou assim: "Numa exposição, uma pintura mostrava um imenso leão abatido por um homem. Um leão, passando por ali, viu a cena e falou: 'Muito bem, é uma bela vitória, mas o artista tomou certas liberdades... A pintura seria bem diferente se os leões soubessem desenhar'". Sorriu. Gostou da moral da história, de que tudo dependia do ponto de vista dos vencedores. A cada dia, mais se entusiasmava com o modo sutil de a professora passar alguma mensagem sobre ética, valores humanos, dignidade... Grifou os termos em francês que desconhecia, como dona Françoise sugeria que fizessem: *déçus, feindre, caquet...* Passavam de 15. "Quanta coisa", pensou Lúcio. "E eu que só conhecia o 'Frère Jacques'."

Era o momento de dona Françoise atender individualmente os alunos em sua mesa. Lúcio desistiu do exercício e deixou a mente voar. De "Frère Jacques", lembrou do encontro com o reitor. Lembrou do primo Leon, que via com menos frequência desde o acidente de Edna. Tornou a prestar atenção quando a professora criticou o texto da aluna, dizendo em francês e depois traduzindo:

— Por favor, atenção à concordância. É igual ao português, não se fala "Os meninos é"; está errado. Como se constrói essa frase em francês?

Maria Luiza (ou Luka ou Maluka) sofria para acertar. Gaguejava e procurava vocabulário, colocando o peso do corpo num pé e no outro, roída de ansiedade. Lúcio sorriu. Mais que nunca lembrou de Leon. "A gente é cruel. Pensa que o padre é meio dããããã só porque não tem vocabulário. E o coitado é cara estudado, um padre inteligente... Mas quando está caçando palavras em português fica igualzinho à Maluka tentando falar francês."

Voltou a seus exercícios. Dona Françoise dispensou Maluka e chamou os alunos do terceiro ano. Levantaram-se dois, Washington e Jânia. Cada um se posicionou de um lado da mesa da professora.

O olho de Lúcio era, de certa forma, treinado para captar intenções. De moleque, não era à toa que ninguém escapava dele em jogos de pegador ou esconde-esconde; percebia, antes do gesto, o local ou a direção que o colega pretendia escolher e, *crau!*, catava o danado.

Foi o que aconteceu naquele momento. Dona Françoise lia atentamente o texto de Washington, perguntava aqui e ali o que era uma palavra, "que caligrafia, *mon élève*, falta capricho", Jânia olhou distraída para a classe, para o teto e... derrubou o estojo da professora no chão sem fazer barulho. Lúcio viu a colega rapidamente se ajoelhar e, mais ligeira ainda, guardar o estojo em sua bolsa grande, que carregava ao lado do corpo.

Foi instintivo. Lúcio gritou:

— Ei, Jânia, esse estojo é da professora.

— Ãããããh? — Fez cara de que não era com ela.

Lúcio apontou para a mesa e para a bolsa dela.

— É, o estojo...

A conversa atraiu a atenção de dona Françoise, que tateou pela mesa repleta de livros e papéis.

— Meu estojo estava aqui, sim...

Solícita, Jânia foi depressa "ajudar" a professora. Olhou de um lado a outro da mesa e depois ficou atrás da cadeira de dona Françoise, tirou o estojo da bolsa e eis que de repente ele ressurgiu!

— Acho que caiu aqui atrás, professora. — Apontou debaixo da cadeira.

— *Merci*, Jânia. — Françoise colocou o estojo bem visível ao lado da prova de Washington e continuou a explicação.

A classe podia não ter percebido muita coisa, mas Lúcio e Jânia, sim... Trocaram olhares repletos de acusações. E, se olhar matasse, Lúcio teve a certeza de que teria um infarto fulminante ali, na frente de todo mundo.

— Mãe, esta é a Victoria. A minha amiga Vicki.

Benjamim apresentou com orgulho as duas mulheres mais importantes de sua vida. Victoria segurou com delicadeza a ponta dos dedos que saía do curativo, depois se decidiu e deu um beijo leve no rosto da mãe de seu querido.

Benja escolheu um bom momento para a visita. A casa era só deles: a avó e a irmã mais velha estavam fora, Guilherme tirava sua soneca da tarde, no berço do quarto de Lenira.

— É um prazer conhecer a senhora... O Benja fala tão bem, tem tanto orgulho da mãe!

— Orgulho, meu filho, mas do quê?
— Ah, mãe! — Benja também parecia encabulado. — A senhora é uma lutadora. Desde que o pai morreu, enfrenta tudo com tanta coragem.
— Faz tempo que seu pai morreu? — Vicki aceitou a cadeira oferecida, na mesa da cozinha apertada.
Benja sentou-se do outro lado.
— Tem já uns oito anos, né, mãe? Que o pai morreu?
— Mais. Vai para dez anos. — E explicou para a garota: — Meu marido Norberto foi atropelado. Um ônibus perdeu o freio, subiu na calçada, pegou meia dúzia de pessoas. O que se pode fazer? Deus assim quis.
— E a senhora nunca pensou em casar de novo? — Vicki sorria. — Será que Deus quer que fique sozinha? A senhora é tão jovem, tão bonita!
Edna fez uma negativa com a cabeça. A menina estava de brincadeira? Percebeu que não, era sincera em falar sobre beleza e juventude. Então Edna também apostou na sinceridade da resposta.
— Nunca surgiu oportunidade, Victoria. Não sei, tanto trabalho e responsabilidade...
— Devia sair mais, passear.
— Ei, você quer arrumar um namorado pra minha mãe? O que é isso?
— Ciumento! Se ela quiser arrumar um namorado, faz muito bem. Sabe, dona Edna, filho homem sempre acha que a mãe tem de ficar sozinha depois que separa... Quer dizer, a senhora é viúva, mas a minha tia se separou do marido, precisa ver o que o meu primo Sérgio aprontou pra afastar os namorados da mãe...
E começou a contar uma história de pequenas maldades que mais escandalizaram Edna do que a divertiram, sobre fofocar de um pretendente para o outro; esconder agenda da mãe e esquecer de passar recados importantes.
— ... teve até uma vez que o Sérgio fez a empregada da casa fingir que era a mãe dele no telefone e mandar o cara "nunca mais aparecer!" — imitou e riu. — Pode?
— Não — disse Edna, séria. — Não pode. Fazer isso é muito feio, menina. Sua tia tinha todo o direito de cuidar da vida dela.
— Esse Sérgio não me parece lá muito legal, hein? — disse Benja, que nem sabia do atrito entre o primo de Vicki e seu irmão Lúcio.

Vicki ficou vermelha. Afastou o cabelo do rosto, encabulada.

— É, não parece mesmo legal, eu... Ora, contei isso por contar! O que quero dizer, Benja, é que você... você não ia fazer isso, né, se sua mãe aparecesse com namorado...

— Nunca! — Benja apertou sobre a mesa a mão das duas, sorridente. — Sou muito bonzinho pra perseguir o namoro dos outros.

— E vocês? Estão namorando? — perguntou Edna.

O rapaz olhou bem dentro dos olhos da garota. Foi Vicki quem abriu o jogo.

— A gente está, sim, dona Edna. Gosto muito do seu filho.

— Mas a gente preferiu manter isso em segredo, por enquanto — explicou Benja. — A senhora é a primeira pessoa que fica sabendo.

Oh, Edna poderia dizer tanta coisa! Pelo menos, pensou em tanta coisa para dizer. Teve medo. A menina tão rica, tão bonita... Seu filho bonito e inteligente também. Mas o mundo podia ser muito ruim.

Só que, naquele momento, preferiu apenas pressionar a mão do filho com mais força. Ele precisava de seu apoio. Tinha vindo buscar isso, não?

— Espero mesmo que vocês sejam felizes.

Os namorados sorriram um para o outro, Edna ergueu sem querer os olhos, deu com a porta de seu quarto aberta e... quem estava ali, todo olhos brilhantes e encarapitado na cabeceira da cama?

O velho Pi.

— Vocês me dão licença um instante? — Edna saiu depressa. — Fiquem à vontade.

Final da aula de francês, turma dispensada. Jânia saiu antes dos colegas, o passo ligeiro, o modo encurvado de andar, e logo estava no pátio. Sérgio saía da aula de música, a caixa do contrabaixo pendente do ombro.

— Tem um cigarro, Sérgio?

O primo tateou nos bolsos, puxou o maço, estendeu um cigarro para ela.

— A gente não pode fumar aqui. Vamos até o caramanchão? — ele convidou.
Jânia confirmou com a cabeça, a ansiedade e a raiva ardendo muito forte em seu peito. Os demais alunos das aulas de reforço começavam a chegar ao pátio, e eles viram Lúcio e Washington conversando.
— O parente preto do padre... — Sérgio apontou para ele. — É, parece que os Daveaux estão se dando bem. Esse safado aí fez logo amizade com dinheiro antigo! Puxar o saco do filho do Rei do Gado é uma boa, hein?
— O Washington é filho do Rei do Gado?
— Se Ariovaldo Bulhões, o pai dele, não é rei, deve ser o duque. Ou o príncipe. — Riu, malicioso. — Se o Washington não fosse tão peludo, eu ia dizer que tem bichice nessa amizade.
— Por quê? — Jânia riu também. — Não existe gay peludo?
Caíram numa risada boba. Sérgio falou algumas fortes baixarias, imaginando um caso entre os dois. Antes de seguirem para o caramanchão, local discreto atrás da capela, ele comentou:
— Não suporto esse cara!
O rosto de Jânia empalideceu, ela apertou a bolsa no ombro, que pareceu pesar mais, a sensação da vergonha e do flagrante ardendo na memória. Concordou:
— Também odeio esse Lúcio Daveaux! Francês preto.
— Nem sei qual o pior, se o Lúcio ou o tal Benjamim... Este outro não está dando em cima da sua irmã?
Jânia brincava com o cigarro apagado, colocando e tirando do lábio.
— Hoje a Vicki foi até a casa dele. Fazer uma visita, parece que a mãe do cara está doente.
— Pobre vive doente. — Sérgio riu. — Quer dizer que a priminha Vicki foi visitar a mansão do queridinho? Vai é pegar piolho andando em favela. E seu pai, sabe?
— Sabe do quê?
— Dessa palhaçada! Da Vicki visitar os pobres. Namorar o crioulo. Coisas assim...
— Acho que não. Sei lá.
Chegavam ao caramanchão. Um casal de namorados saía de lá. Os primos ficaram sozinhos entre os bancos em roda e as plantas que criavam uma espécie de sala natural, refrescante e perfumada. Sérgio acendeu o cigarro de Jânia.

— Pois ele devia saber. Por que você não conta ao tio Lorenzo?
— Contar como? A Vicki nem comentou da visita. Eu descobri.
— Oh, como sempre você continua especialista em ouvir atrás de portas, hein, Jânia? — riu. — Sempre dá para confiar nos seus talentos...
Jânia deu uma tragada funda no cigarro, a brasa ardendo com menos intensidade que sua raiva. Talentos... Que vergonha, o flagrante. Ter de se fazer de boba, jogar o estojo no chão, perceber que ele, justo aquele preto cretino, percebera seu ataque... O que pensaria ele? Estaria rindo da sua cara?
— Sabe o que a gente podia fazer? — Sérgio lentamente acendeu o próprio cigarro, esticou-se no banco. — A gente bem podia armar uma cena com o Benja, que é para pegar o irmão dele onde dói.
— Como assim?
Sérgio soltou a imaginação.
— Tia Leonor vive no mundo da lua, então não tem problema se ela estiver em casa... Escolhe um dia legal. Você convida o Benja para uma visita, numa hora em que a Vicki esteja fora. Aí você atrai o cara para, sei lá, para o seu quarto. Conversa com ele, parece assim boazinha, joga um charme feminino...
— Não estou gostando disso.
Sérgio continuava voando.
— Escolhe uma hora em que tenha empregados na casa, eu também posso até aparecer, com mais uns colegas, de repente, sabe? Numa hora combinada. Aí, Jânia, dá um show, começa a gritar "Tarado, tarado, pare com isso, pelo amor de Deus", rasga as roupas, desce as escadas chorando, então aparece a empregada, "O que foi, menina?", eu também dou a maior atenção, "Coitadinha de você, Jânia, está machucada?", e você fala "Aquele doido quis me estuprar, socorro, ele é um tarado", etc. e tal, e pronto! A gente fica livre dele. Bota aquele francês preto na cadeia por tentativa de estupro. — Riu, e riu, e riu mais. — Sabem o que fazem na cadeia com estuprador? Ainda mais um neguinho novo e bonito que nem o Benja, sabe? Eles...
— Para com isso, Sérgio! Não tem graça.
— Não tem graça? Mas só tem graça! Imagine que...
— Nessa história, quem se dá mal sou eu. Passo vergonha. Tenho de ir à delegacia. Fazer exame. Mentir. Falar com um monte de gente...
Esta última ideia, a de falar com gente, gente estranha, foi a que mais arrepiou a garota. Teria de suportar olhares, olhares acusadores...

Teria de manter a posição e a mentira, ia suar, o estômago ficaria embrulhado, ah! Fumou mais e mais depressa, consumiu o cigarro em três baforadas. Sérgio só olhava, quase com desprezo.

— É, você não tem jeito pra isso, fazer teatro, encarar pessoas... Seu estilo é mais discreto. Não é mesmo? Mas também podia servir, se a gente quisesse se livrar dos crioulos.

— Como assim? — Jânia esmagou a bituca na sola do tênis.

— A gente podia unir nossos talentos e montar um plano.

— Ela é uma boa menina, Edna. Boa menina. Gosta de verdade do Benjamim. Mas amor nem sempre rima com valor... Ou bondade com coragem. — A risada que terminava em pigarro. — Eeeeh, em meus tempos de vivo, eu era melhor com rimas, *non*?

— Eles também podem ver o senhor, pai?

— Creio que *non*. Por quê? Tem medo que pensem que você ficou maluca, *que tu es folle*, por falar sozinha?

Edna olhou para a cozinha, viu Benja e Vicki totalmente concentrados em si mesmos, mas ainda assim encostou a porta do quarto. Suspirou. A figura do pai parecia mais encurvada e menor, como um corvo de rosto murcho. "Esse meu delírio ainda me deixa doida de vez... Daqui a pouco vou ver um corvo igual ao daquele poema do escritor, aquele antigo, em que um corvo conversa sobre gente morta."

Mas não foi Edgar Allan Poe que o velho Pi recitou. Pausadamente, encolhido na pose de gárgula, disse:

"Toi viens me voir dans mon asile sombre;
Là parmi les rameaux balancés mollement,
La douce illusion te montrera mon ombre
Assise sur mon monument."

E riu.

— Ah, a memória agora é *ton* estranha... Esse poema de Jacques Delille fala da morte. De que você estaria me visitando na tumba e, na verdade, sou eu quem a visito, minha menina. Em seu quarto.

— O que o senhor quer, pai?
— *Non* vim do Além para recitar poesia. Tem outra mensagem.
— Um aviso, pai? — Edna sentiu o coração se apertando, como pressionado por um quebra-nozes. Gaguejou: — O que vai acontecer com a minha família? É com eles, não é? É com os meninos. O senhor falou dos caranguejos e eu não entendi. Estou com medo! Alguém quer destruir os meus meninos? Quem?
O velho Pi, encurvado, moveu o rosto para baixo e para cima, o nariz adunco mais que nunca semelhante a um bico.
— Não sei se consigo voltar outra vez, Edna. O que vocês tiverem de fazer, tem de ser sozinhos.
— Mas o que foi, pai? O que vai acontecer, quando, como...? Não me deixe assim nessa agonia!
Veio uma voz da cozinha.
— Mãe? Tudo bem com a senhora, mãe?
Edna gritou para fora:
— Tudo, Benja, tudo certo. Só estou... estou lendo uma história em voz alta.
A filha e o fantasma do pai ficaram em silêncio por um instante, até perceberem que os namorados prosseguiam na sua conversa comum.
— "Lendo uma história", filha? — A risada típica. — Que mentira tola... Você nunca teve talento para mentir, Edna.
— Só consegui inventar isso. — Edna falava bem baixo. — A mensagem, pai. O que é?
— *Aos carneiros, só peça lã* — ele disse. — Lembra, Edna, que eu sempre gostei de contar histórias, fábulas, quando você era menina?
— Pai, isso é hora de historinha de criança?
— Mais que nunca, querida. Ouça bem e feche os olhos.
Edna pensou em reclamar, mas confusamente aceitou a ordem. E ouviu:
— Um lobo forte, novo, faminto, apareceu na campina. E foi logo devorando brutalmente os carneiros do rebanho. Foi tal o massacre, que os bichos ficaram muito e muito preocupados... Até que um carneiro um pouco mais esperto juntou a carneirada toda e falou: "Amigos, isso é um absurdo! *Non* podemos ficar assim parados, aceitando essa mortandade sem reagir. Afinal, o lobo é um só e nós somos mais de cem! Se todos nos reunirmos e atacarmos juntos, acabaremos com o

lobo". Ah, o rebanho se animou! Enquanto ouviam o discurso, todos se sentiram *ton* corajosos! Uma ovelha gorda disse que ia morder o lobo na orelha. Um carneiro ameaçou estraçalhar o lobo com suas chifradas. Outros, que passariam por cima do seu corpo, esmagando-o até sobrar só pele de lobo. Enquanto falavam, todos ficaram valentes. Mas, aí, ouviram um rosnado. E depois um uivo. Os carneiros começaram a tremer... "Parem, companheiros, e lutem!", gritou o carneiro que fez o discurso. "Lembrem que somos muitos!" Mas bastou que o lobo aparecesse, saindo do bosque, dentes à mostra e babando, e pronto! Foi carneiro apavorado correndo pra todo lado, e o lobo pôde caçar à vontade, escolhendo sua vítima com a maior facilidade. — Depois de uma pausa, velho Pi continuou: — É isso, nunca peça coragem a um cordeiro. Só lhes peça lã. É tudo o que ele pode lhe dar.

Edna abriu imediatamente os olhos, mas sua rapidez só conseguiu flagrar a cabeceira vazia da cama.

— Vai ver, cara, a Jânia voltou aos maus instintos. — Washington soltou uma gargalhada, repetindo *maus instintos* com voz grossíssima.

Estavam na cantina, no breve intervalo da tarde. O primeiro ano teria outras aulas de reforço, desta vez de física. Mesmo com o horário apertado, a curiosidade falou mais alto. Lúcio perguntou:

— Como assim?

— Eu e a Jânia estamos na mesma turma desde crianças. Sei lá o que deu nela, aí no sétimo ano, eu acho... ou no oitavo, não lembro. Um monte de coisa do pessoal da nossa classe começou a sumir. Coisas dos alunos e até dos funcionários e dos professores. Um dia, uma colega que tinha perdido o celular desconfiou dela. Pegou a bolsa da Jânia escondida e achou o telefone lá. Encontraram também outros itens desaparecidos.

— Então a menina é ladra?

— Pega leve, cara! Uma Sposito, ladra? Cleptomaníaca. A menina do celular fez um escândalo danado, só faltou dar na cara da Jânia na frente de todo mundo... Mas a coisa acalmou. Apareceu psicóloga, coordenadora, até o Hans, que é o que mais cuida da disciplina, foi conversar com a gente.

— E no que deu?

— Deu que não deu em nada. — Washington pagou seu refrigerante e apontou para o final do pátio; Meire, a professora de física, e Akira, de informática, aproximavam-se. — A psicóloga deu um monte de... desculpas, na minha opinião, para atitudes antissociais, crise da pré-adolescência... A coordenadora falou de necessidade de compreensão e ajuste entre colegas...

— E o Hans? Não foi pra bronca? — Lúcio imaginou a cara de buldogue enfezado do homem. Ele não era alguém de se enrolar em psicologices.

— Olha, até o Hans eles sossegaram. Sei lá o que rolou na sala da reitoria entre os Sposito e os padres, mas o próprio Hans não usou a palavra "roubo". Só falou em se ter cautela e não trazer coisas caras para a sala, que escola não é lugar de exibir riqueza. Nem acusar a Jânia, eles acusaram.

Meire se aproximou dos garotos, pediu um suco na lanchonete e foi apressando os alunos.

— Queridinhas e queridinhos, quem é do primeiro ano trate de *correr* para a sala, hein? Hoje vou *esmagar* vocês com lições!

Alguns riram, umas meninas fizeram exagerada cara de deboche... Meire era uma coroa bonita, uma das que Lúcio classificaria como mestre-cúmplice da garotada, pois andava mais na moda do que muita aluna adolescente.

— Bolsa bonita, professora — elogiou uma aluna.

— Linda mesmo, não? — Meire ergueu a bolsa tão pequena, de grife, e aproveitou para atender o celular que disparava na função vibrar. Tomava o suco segurando o copo com cuidado, mostrando suas unhas longas, e falava ao telefone. "Uma figura!", pensou Lúcio. Mas, mesmo perua, era eficiente na matéria, uma professora dedicada.

Akira seguiu direto para sua sala, deu um assobio brincalhão de aviso, chamando a turma. Washington o seguiu. Ainda falou para Lúcio:

— Não esquenta, cara. Se a nossa amiga voltou a atacar, problema dela. Cedo ou tarde descobrem o que anda fazendo.

— É isso aí. — Lúcio estralou os dedos, tranquilo. — Afinal, o que ela pode fazer contra a gente?

Capítulo 10

LORENZO CHEGOU MAIS CEDO EM CASA. Seu carro grande e silencioso virou a esquina a tempo de ver a filha se despedir de um amigo. Mas não foi uma despedida comum... Vicki ficou na ponta dos pés e deu um beijo guloso, grande, na boca do rapaz.

Do rapaz negro.

Lorenzo parou o automóvel e esperou. Viu-o seguir para o lado oposto e a filha entrar na casa. Sentiu um arrepio no corpo, junto com a profunda dúvida de que seus olhos teriam mesmo visto o que a alma se recusava a aceitar.

O que fazer? O primeiro impulso era entrar na casa aos berros, arrancar aquela indecentezinha do quarto ou de onde estivesse, dar um corretivo nela, xingar e... Ah, se fossem os velhos tempos! Mandaria a menina para o convento, marcaria logo um casamento obrigatório com um moço de boa família, enviaria a caçula para uma longa viagem ao exterior. Mesmo na sua fúria, Lorenzo sabia que eram soluções drásticas e antiquadas, "coisa de folhetim", murmurou, trancando o carro e a porta da garagem com o mesmo *bip* do chaveiro. Mas havia hora em que os folhetins tinham boa dose de verdade...

Subiu pela escada interna que ligava a garagem a casa. Viu a esposa sentada próximo à varanda, deu o beijo costumeiro em sua testa e evitou outras perguntas. Leonor por acaso sabia do que acontecia no lar? Era até por isso, pela omissão da esposa, que suas filhas folgavam desse jeito. O que mais restava a ele para ser um bom pai, se já era também mãe, conselheiro e disciplinador, tudo ao mesmo tempo, sem ajuda feminina? Suspirou... Duras tarefas!

— A Victoria está no quarto dela? — perguntou a uma das empregadas.

Ela confirmou, e Lorenzo pediu que avisassem a filha para seguir logo ao escritório. Queria falar com ela.

Vicki chegou linda e carinhosa como sempre. Era seu orgulho. Lorenzo podia parecer ríspido e escondia o mais possível sua preferência, mas Victoria era sua filha favorita. Rebeca, claro, era tão linda e orgulhosa e independente, mas talvez independente *demais*. Quase rebelde, no que se referia a escolhas profissionais e a relacionamentos. Jânia era esquisita, meio que uma eterna criança; ele nunca sabia até que ponto a filha ouvia ou entendia o que lhe falavam; temia que mais cedo ou mais tarde ela revelasse a mesma doença da mãe, se isolasse cada vez mais do mundo. Já Victoria era bonita, sim, inteligente, sim, mas carente de comando. Com orientação e apoio, seria a filha dos sonhos de qualquer pai.

Desde que seguisse *mesmo* a orientação.

— Victoria, você sabe que só quero o seu bem, não sabe?

— Claro, pai! — A garota sentou-se na borda da grande mesa de carvalho, o jeans destoando da madeira, colocando um toque juvenil no ambiente tão sério.

Vicki esperou o restante da conversa. Lorenzo procurava as palavras.

— Se você acredita mesmo nisso, espero que não questione meus critérios. Tenho meus motivos, entende?, para lhe pedir isso.

— E o que é? — Ela riu, tão bonita...

Ele suspirou de novo.

— Gostaria que você não visse mais aquele rapaz. O primo do padre Leon, o Daveaux.

— PAI! Mas por quê?

— Já disse, Victoria, não questione meus critérios.

Vicki desceu da mesa, andou pela sala. E falou, mais alto do que o normal:

— Não vou fazer isso. Não aceito! O Benjamim é um amigo maravilhoso e vai continuar meu amigo, sim! O senhor não pode proibir.

— Mas o que é isso, menina? Vai contra minha vontade?

— Vou. — Ainda não o olhava nos olhos, ia e voltava pela sala, mordia os lábios, mexia no cabelo.

Aquela reação era avessa, mas, ah!, Lorenzo percebia que ali ainda havia respeito e temor.

— Ele pode parecer um bom rapaz. Pode ser seu amigo, está certo. Mas não é pessoa adequada para a nossa família. É melhor cortar relações agora do que depois que...

— Depois que a gente se apaixonar, pai? É isso o que o senhor quer dizer? Está com medo de que a gente esteja namorando, se goste de verdade, *se ame*, a palavra é essa, amor, que incomoda pra diabo, não é? E se for, hein, pai? E se for?

E, desta vez, os olhos de Vicki estavam grudados na cara do pai. Lorenzo sentiu de novo o arrepio... A custo, a muito custo evitou a mão de se erguer e marcar a cara da filha com um tapa.

— Você lá sabe de amor, lá sabe dessas coisas, menina? É uma bobinha de 16 anos... Tem mais é que obedecer ao pai. Entendeu?

— Não obedeço.

Fúria-fúria-fúria, tudo em vermelho, Lorenzo gritou e apertou a ponta dos dedos, fez até um risco na madeira escura:

— CALA A BOCA, CRIATURA! Se eu mandar você não ver mais aquele moço, você não vê mais, entendeu?

— O senhor não vai mandar em mim! Eu vejo quem eu quero, namoro quem eu quero e, se pensa que é com uma ordem que...

— Sou seu pai. Sei o que é melhor pra você e pra nossa família.

— Sabe mesmo, pai? Tem certeza? Com sua mulher morrendo aos poucos de depressão e dos remédios que a dopam até ela parecer um boneco de cera? Com uma filha que fugiu para o Japão aos 14 anos, tomou conta da própria vida e nem quer saber da sua grana nem do seu comando? Com a Jânia, que tem medo de tudo, que se tratou de anorexia, cleptomania, depressão e só não está legal porque, sempre que ela melhora, o senhor para o tratamento psiquiátrico dela, porque quer... "evitar que só tenha loucos nesta família"?

— Você nem sabe o que está dizendo.

— SEI, SIM! O senhor tem é medo. Morre de medo do que vão falar. Tem muita vida lá fora, pai. Muita vida boa e saudável lá fora pra eu ficar morrendo de medo aqui dentro. Pois eu quero que se dane o que vão falar! Continuo, sim, saindo com o Benjamim. E que se dane também o que o senhor vai falar ou pensar!

Desta vez, a mão agiu sozinha, sem que a razão pudesse interferir. E veio o tapa. A mão de Lorenzo pegou de lado, mais na orelha que na face da filha favorita, fazendo um barulho estalado que ecoou nas paredes.

Victoria parou, espanto e tristeza no olhar. Não disse nada, apenas saiu correndo do escritório.

E por um instante mínimo quase tropeçou em Jânia, ajoelhada atrás da porta. A irmã do meio mal teve tempo de se arrastar para trás de uma cortina antes do flagrante.

Pegavam o trem duas vezes por dia, além do ônibus do Covisbe. Havia seis aulas matinais e as vespertinas, variáveis, mas era raro saírem da escola antes das 16 horas. Almoçavam diariamente no colégio. Carregavam roupas para práticas esportivas, assim como fichário e livros. Por tudo isso, claro, as mochilas dos Daveaux eram bem grandes.

Grandes o suficiente para que um objeto de porte médio (assim feito a bolsinha delicada da professora Meire) passasse despercebido. Ainda mais se quem colocasse o objeto nessa mochila fosse alguém de andar sorrateiro e jeito dissimulado, alguém acostumado a disfarçar intenções...

Alguém que sabia muito bem como aguardar o momento certo de agir.

Ainda mais se contasse com ajuda.

— Vicki, acho que sua irmã está tomando jeito!

Quem disse isso, assim animada, foi Berenice, a garota mais bonita do terceiro ano.

Hora do intervalo. Vicki se surpreendeu com a abordagem da menina que mal cumprimentava, e se surpreendeu também pelo genuíno contentamento dela. É que, para uma assumida patricinha como ela, era um autêntico milagre ver uma garota desleixada mostrar interesse por moda ou aparência.

— Ontem de tarde a Jânia puxou papo, a gente estava na biblioteca. Elogiou meu cabelo, perguntou se eu fazia algum tratamento... aí quis umas dicas. Comentou do cabelo de outras pessoas também, e até de umas professoras. Disse que *amou* o que a Meire fez com o cabelo, até pediu o celular da professora, quer perguntar sobre o cabeleireiro dela. Poxa, achei ótimo!

Berenice estava entusiasmada. Falava sobre "despertar interesse" e disparava elogios: "Jânia não é feia, mas descuidada. E olha que tem irmã modelo, que coisa! E a Rebeca, está bem? Você me passa o celular dela, quem sabe não me dá umas dicas?". Mas, nessa hora, Vicki já não prestava mais atenção.

Achava estranho Berenice agir como uma madre-Teresa-de-Calcutá-da-moda, trazendo redenção para toda a espécie feminina descuidada do planeta, mas naquele momento tinha mais com que se preocupar. Sua alma se dividia, sua mágoa a deixava tão distante de fofocas e comentários sobre Jânia; seu problema não era a irmã, era o pai. Era o namorado. Era o impasse, o medo do que teria de enfrentar, o confronto, as decisões...

Despediu-se apressada da colega quando viu Benjamim surgir no pátio, vindo da aula de educação física. Estava lindo como sempre, o cabelo negro, liso e brilhante após o banho, o sorriso confiante. Contava para ele sobre a briga com o pai? Que o pai havia descoberto o namoro deles do pior jeito?

Sabia que, se fizesse isso, morreria um pouco a cada dia por dentro.

— Ah, Vicki, uma aula longe de você e meu coração fica apertadinho de saudade... Fica assim, ó, do tamanho desta pitanga!

Benja passou para ela uma fruta, contou que perto da quadra havia uma pitangueira e que escolheu a mais bonita e madura. Seu presente. Cantarolou uma música que o avô tirava no violão — "Ah, pitanga machucada como cheira, ah, morena, que maneira de amar" —, e sua voz soou mais doce que a fruta, os olhos macios como suas mãos alisando os pelinhos do braço dela e provocando arrepios em sua pele de fêmea...

Vicki decidiu: não contaria nada a ele. Comeu a fruta, escapuliu com Benja para um canto do pátio e deu em sua boca um beijo com gosto de pitanga.

E de ansiedade e de medo.

— O que foi, meu amor? — ele riu. — O que é tudo isso?

— É carinho. — Seus olhos pesaram de lágrimas; disfarçou. — Às vezes, fico tão comovida com as coisas que você faz... Ah, Benja, como eu gosto de você.

— Sossega... — Ele a abraçou com gosto, todo o corpo dele prendendo o da namorada. — A gente vai ficar junto e vai dar tudo certo. Sempre.

"Será?", pensou Vicki. Ela queria acreditar nisso. Realmente, queria acreditar nisso.

— Olha só quem está chegando! — Tati cutucou a Luka-Maluka e falou alto para que o "quem está chegando" ouvisse. — Quem diria, hoje os ricos se juntam aos proletários... E aí, Serginho, vai de busão pra casa, é?

— Mamãe precisou do motorista — explicou o rapaz, muito calmo, cumprimentando a turma toda, uns trinta alunos, com aceno de cabeça. — O jeito é aceitar! Padre Lucas não diz sempre "aceitai os desígnios do Senhor"? Sou um bom cristão.

— Você é um cínico, isso sim — resmungou Tati.

E se afastou. "Pode ser primo da Vicki, mas é um purgante", pensou ela. Estava sem sua amiga querida da condução; Vicki recebera uma ligação de Rebeca pelo celular com uma espécie de convite-intimação para um passeio depois das aulas e não estava pelo Covisbe naquela hora.

Pequenas rodinhas de alunos se formavam aqui e ali na área do estacionamento. Um grupo comentava sobre a tristeza da professora Meire, "revirando a escola inteira, procurando a bolsa dela"; alguém lembrou, maldoso, que, "do jeito que a Meire é avoada, vai achar a bolsa na geladeira do refeitório", outro alguém riu... O primeiro ônibus começou a manobrar e uma fila se formou, Benjamim estava nela. Sérgio fez um gesto discreto para um vulto que se ocultava atrás de uma árvore, a uns cem metros de distância.

Um celular tocou, reproduzindo o começo de uma marchinha carnavalesca.

— Tem um celular tocando...
— De quem é?

Tocava e tocava. Sérgio apontou para a mochila de Benjamim.
— O barulho vem daí, cara! Não vai atender?
— Meu?... Mas nem trouxe celular hoje. E o toque é diferente.
— Atende logo! — gritou um cara do terceiro ano.

Benja abriu por abrir a mochila, só de curiosidade. Tirou o objeto de lá e ficou tão surpreso como os que estavam ao seu redor.
— Mas o que é isto?

Era uma bolsa brilhante e retangular, vibrando com o toque do celular ali dentro.
— Bolsa de mulher, cara...? — riu um colega, desentendido.

Outra menina apontou para Benja.
— Ei, mas essa é a bolsa da professora Meire!
— A Meire não perdeu a bolsa hoje?
— Está revirando a escola atrás da bolsa!
— O que a bolsa da Meire faz na sua mochila, Benja?

E o zum-zum-zum cresceu: "O que foi? A bolsa da Meire... Onde, na mochila dele?... Então ele roubou?... Quem foi? O Benja, o parente do padre?... O Daveaux... Sempre achei esse cara...".

Lúcio, que se aproximava, nem teve tempo de entender direito o que acontecia. Benjamim, mantendo a bolsa no ar, agora sem a trepidação do telefone, começava a afirmar sua inocência quando o professor Hans se aproximou do grupo em passo ligeiro e foi logo dizendo:
— Uma menina me avisou de um problema aqui... O que foi?

A "menina que avisou" estava ali, a cem metros de distância, olhando a cena atrás de uma árvore e guardando o celular no casaco.
— Essa é a bolsa da professora Meire — reconheceu uma garota.

Outras pessoas confirmaram em voz baixa. E Sérgio se adiantou na rodinha, com um sorriso satisfeito.
— Estava na mochila do Daveaux. Dentro da mochila do Benjamim, professor Hans. E o pessoal diz que essa bolsa é da professora Meire.

— Tocou o celular dela — disse outra garota. — Conheço o toque do celular da professora Meire.

O rosto de Hans avermelhou ainda mais, ganhando tons de roxo.

— Como é que você explica isso, rapaz?

— E-eu... n-não se-sei...

Benja gaguejava muito, sem completar frase ou articular ideia, e o fato de não negar com veemência e se perder em gaguejos só o fazia mais culpado diante dos outros. Os olhares em torno dele eram sérios. Não teve um que o defendesse de verdade!

Afinal, Tati foi a primeira a sair do torpor geral.

— Gente, isso é ridículo! Vocês não estão pensando mesmo que o Benjamim *roubou* a bolsa da professora, estão?

Não teve um que respondesse.

Hans segurou no braço de Benjamim com uma mão e a bolsa da professora com a outra.

— Você, me acompanhe. E os demais, tratem de ir logo pra casa, hein? Sei o nome de vocês e as classes. Se precisar, chamo depois.

Foi uma delícia para Sérgio ser o primeiro a subir no ônibus. Da janela do veículo, tinha uma visão melhor da cena: Benjamim cabisbaixo, braço preso na mão gorducha do mestre, os dois seguindo depressa para a ala central do colégio, onde ficava a sala da reitoria.

Capítulo 11

A PORTA DA REITORIA. Escura, sólida. Inexpugnável. O que aconteceria por trás daquela madeira?

O relógio de pêndulo, com o badalo redondo indo e vindo: "Oque/será/quevão/fazer?; Oque/irá/acon/tecer?", a imaginação de Lúcio colocando palavras naquele ritmo. O coração doendo, doendo... Ou, no ritmo do badalo, a sensação virava: "que-dor/que-dor/que-dor/que-dor"...

"Benja não é bom com as palavras; quando fica nervoso, ele treme, gagueja. Ou chora! Ah, meu Deus, não deixe o Benja chorar. Por favor, coloque palavras, palavras certas em sua boca... Tanta gente entrou ali, ele não vai encontrar apoio de ninguém", pensava Lúcio, a ansiedade virando azia e o estômago contraído deixando-o menor diante da solenidade da porta escura.

Foi um grupo sólido que passou por aquela porta. O reitor Paul-Jacques já os esperava, mão na maçaneta; só cumprimentou com a cabeça e trancou-se com eles: dona Meire e o professor Ernesto, coordenador de exatas; Hans, sempre buldogue e grudado no "acusado"; o padre Hipólito, professor de religião do segundo ano; a psicóloga Inês foi convocada depois e entrou na reitoria às pressas, mal olhando para Lúcio ali na antessala.

Se não eram inimigos, também não seriam muito simpáticos com um aluno acusado de roubo. E de que jeito! Com o celular da vítima disparando na mochila diante de dezenas de testemunhas. Se fosse planejado (e como Lúcio *sabia* que aquilo fora bem planejado!), não se poderia encontrar hora e momento melhor para um flagrante.

Tudo contra os Daveaux: padre Leon estava em Presidente Prudente, na outra unidade escolar da irmandade; era final do horário vespertino, a maioria das turmas já estava em casa, o que dispersava qualquer movimento de solidariedade a favor de Benjamim...

"Solidariedade?", pensou Lúcio, com amargura. "Da parte de quem? Se nem Victoria está aqui, nem ela quis saber o que acontece com Benja? Que amor é esse, covarde e apavorado, que não se compromete?"

Solidão. Lúcio sentiu-se absolutamente só. Aos poucos, o sentimento de abandono e tristeza transformou-se em revolta.

Ideias escuras e pesadas em sua mente. Lúcio segurou a custo o impulso de esmurrar a porta, invadir a reitoria, gritar com todo mundo, colocar razão naquele povo. "Quanta coincidência! Um ladrão não desligava celular? Não escondia melhor o roubo? Não pegava o que tivesse de valor daquela porcaria de bolsa e se livrava da prova? Mesmo que meu irmão fosse ladrão, *frère* Jacques, ele não é burro!"

E tudo acabava na espera. Nada a fazer. Só esperar. Os pés de Lúcio esfregados no tapete felpudo, seu corpo sumindo no encosto do sofá, os olhos ardidos de tanto fixarem o pêndulo do relógio e ele inteiro, alma, corpo, mente, acompanhando as batidas e ouvindo as palavras, vindas no ritmo do relógio: "for-ça/Ben-ja; for-ça/Ben-ja; for-ça/Ben-ja... Oque/será/quevão/fazer?; Oque/irá/acon/tecer?"...

"Nunca gostei da ideia de ter esses meninos aqui", pensou Paul-Jacques, amargurado, logo que lhe comunicaram o incidente. Não sabia dizer se a ausência de Leon era ruim ou uma bênção. Dependeria do prosseguimento das coisas.

E, na primeira meia hora de conversa, o andamento foi bom! A professora Meire efetivamente era cúmplice dos alunos; talvez de *todo e qualquer* aluno...

Pôs-se a falar de maneira tão incisiva e agitada que quase assumia a culpa por ter largado a bolsa à mostra, distraidamente.
— Oh, senhor Paul-Jacques, lembra o tempo em que fui aluna aqui? O senhor ainda lecionava filosofia, nunca esquecerei as suas aulas, era admirável o que dizia sobre Platão... Mas deve se lembrar de como eu era distraída. Teve uma vez que até vim para a aula de educação física com chinelo de quarto! — E, diante de uma risadinha debochada de Hans, jogou mais charme feminino. — Verdade, querido! Imagine você, assim cedíssimo, meu pai me trazia para o Covisbe, eu desci do carro, já tinha passado o portão, umas garotas riram, fui olhar e... estava de chinelo de pompom! Juro, que vergonha... Distração minha, mesmo.
O reitor fez um gesto com a mão, como incentivo para ela prosseguir. Meire tomou fôlego e disparou:
— Não faço ideia, não faço mesmo, se deixei minha bolsa na sala... Ou no pátio, pode ser! Fui comprar pastilha de menta, entre a quarta e quinta aulas, desci até a cantina, será que abri a carteira? Ou só usei uns trocados do bolso do avental? Bem, se abri a carteira, quem diz que não deixei a bolsa sobre o balcão? Será, Benjamim, será que você não viu minha bolsa no balcão e pegou, entende, para devolver mais tarde e, quem sabe, entende, você esqueceu? Por que, sabe, senhor reitor, eles também, os adolescentes também são muito-muito distraídos...
Ufa! Meire tomou fôlego e olhou em volta, elétrica e ansiosa como um cachorrinho que fez gracinha e espera agora os carinhos do dono. *Aquela* era a dica, se o garoto fosse mesmo culpado, para sair limpo de uma fria. Não era? Não poderiam acusá-la de ser um pouquinho distraída, só isso? E o garoto também, se desculpava, se dizia um distraído, e pronto! Quando muito, uma punição leve, tudo se ajeitava. Meire suspirou e olhou o reloginho dourado no pulso; era tarde. Nem deixaram que avisasse em casa, mas, se aquilo se ajeitasse depressa, logo-loguinho iriam embora e ela poderia pegar a novela favorita na TV.
Paul-Jacques fez longa pausa. Ganhava tempo e refletia. "De boba, a Meire não tem nada", pensou. Quase teve vontade de rir e a custo manteve a neutralidade do rosto. Era uma boa solução? Não deixava de ser. Se o garoto era culpado, a solução de Meire o livrava de castigos. Claro que uma dúvida sempre ficaria, mais que nunca a direção teria de ser atenta às atitudes dele, mas a escola se eximia de qualquer compromisso. Foi o Daveaux que não soube merecer a chance, Leon de nada pode-

ria se queixar. Ele prosseguiria nos estudos, mas, em uma próxima bobagem, *adieu, mon élève!*

Agora, se ele fosse inocente... Se tivesse sido vítima de alguma vingança (e como o reitor sabia de alunos seus aprontando pequenas vinganças!), seguir com o caso poderia esbarrar em consequências (e pessoas!) complicadas. Será que aquele Daveaux fazia ideia de onde estava se metendo?

De todo modo, estava nas mãos do próprio garoto simplificar as coisas. O reitor se virou para ele:

— Então, Benjamim Daveaux de Assis... Entendeu o que a professora Meire está dizendo? Ela não está acusando você. Disse que pode mesmo ter esquecido a bolsa e que um aluno, bem, ficou de devolver depois e se esqueceu. E então? Quer devolver a bolsa agora e deixar as coisas por assim mesmo?

— Co-como...?

Os olhos verdes de Benjamim brilhavam como pedras preciosas. Não era brilho de alívio nem de medo. Por mais incrível que parecesse ao reitor ou às outras pessoas da sala, o brilho era de fúria. De indignação.

— Pe-pelo que entendi, o senhor diz... A pro-professora Meire diz que-que eu peguei a bolsa po-por engano?

O gaguejar não era possível conter, mas a ideia era clara. Paul-Jacques reiterou:

— Sim. Vamos dizer que foi uma pequena... um esquecimento, está bem assim?

— Nunca.

— O quê?

— NUN-CA! Nem cheguei na cantina... Nem tive aula com a professora hoje... Nunca na minha vida ia pegar bolsa de quem quer que fosse.

E não gaguejou.

Foi Paul-Jacques quem teve mais dificuldade em achar as palavras naquele momento.

— Be-em... Se você insiste em dizer isso, então alguém, algum aluno, propositadamente, pegou essa bolsa.

— E colocou também de propósito na minha mochila. E sabia o celular da professora e ligou na hora da saída, no meio de um monte de gente. — Que dificuldade falar sem gaguejar, mas que alívio ter conseguido!

— É uma acusação grave, Daveaux.

A psicóloga interveio:

— Certas brincadeiras podem parecer muito graves, mas um comportamento leviano é comum nas referências de sociabilização nessa faixa etária.

Paul-Jacques ergueu a mão de novo, como se indicando que não era ainda hora de arrumar pretexto psicológico para resolver as coisas.

Silêncio pesado.

E impasse. "O raio do menino não entendeu a hora de dar no pé", pensou o reitor. Que tolo! Se era vingança o que queria, bem, acabaria tendo.

— Vamos olhar melhor sua bolsa, Meire.

— Oh, sim! Pode ser que nem seja a minha!

Os olhares vieram mortais. Do tipo "também não exagera!"; afinal, não haveria uma pessoa no Covisbe que desconhecesse aquela bolsinha carésima e fresquésima da Meire. Não havia, nem entre as alunas mais dondocas, nada semelhante.

Meire despejou o conteúdo da bolsa na mesa do reitor. Foi separando os objetos.

— Meu batom. A caneta dourada também é minha. O celular. Essa caderneta de anotações, nem sei por que carrego, já que marco recados e números de telefone no celular! — Riu, murchou o sorriso quando não teve estímulo, prosseguiu: — Meu pente e... isto aqui eu não sei o que é.

Meire ergueu a peça no ar. E estranhou que o rosto do reitor estivesse tão pálido...

... porque, se Meire ou outros professores reconheciam aquele emblema da escola, estranhariam o brilho e desconheceriam seu valor. Já o reitor sabia muito bem o que era aquilo.

Era a insígnia da Ordem de Vitória de São Bernardo — a espada e a cruz — em ouro e pedras preciosas. Havia apenas quarenta desses broches no Brasil. Doados àqueles cristãos que se destacavam com sua generosidade para os trabalhos evangélicos da irmandade. Apenas quarenta patriarcas de boas famílias possuíam aquilo.

Seria bem fácil descobrir de quem a peça havia sido roubada.

A coisa toda era bem mais séria do que o furto da bolsa de uma professora.

Eram quase onze horas da noite quando os Daveaux chegaram em casa. O colégio se propôs a dar uma carona em carro próprio, mas Lúcio recusou sumariamente e Benjamim nem tentou contrariar.

Estavam ambos exaustos. Edna os esperava na cozinha, mesa posta. Tinha afastado o restante da família, era assunto sério demais para dividir com uma mãe fofoqueira e uma filha leviana.

— E aí, Benja? O que aconteceu?

Benjamim começou a contar tudo de novo, mínimos detalhes. Já havia falado com o irmão durante o longo trajeto. Lúcio permaneceu quieto até o final.

— ... então o reitor viu a joia. Pegou a bolsa e ele mesmo guardou tudo de volta. Falou para o Hans arrumar um recibo para a professora, disse que aquilo teria de ficar com ele como prova. Disse que eu estava suspenso, suspeito de furto, roubo, nem sei, e que não podia ir à escola por três dias. Que eles iam apurar tudo e...

— ... e botaram a gente pra fora — concluiu Lúcio. A raiva dele estava tão concentrada que já se transformara em cansaço.

— E o Leon, já sabe?

— Não sei, mãe... — disse Lúcio. — Os padres devem ter avisado o primo lá em Presidente Prudente.

— E agora? — Nos olhos de Edna, uma lágrima tremeu. — O que a gente vai fazer?

— É melhor mesmo o Benja ficar aqui esses dias — concluiu Lúcio. — Eu vou amanhã para a escola como se tudo estivesse bem. E vamos ver. Essa palhaçada tem de ter um fim, não é mesmo?

— Tem de confiar em Deus. E rezar. — Edna apertava os dedos da mão machucada. — Tem de existir justiça, meus filhos! Essa maldade não pode ser vitoriosa.

"Vitoriosa?", pensou Lúcio, e imediatamente associou a palavra ao nome Victoria. Levantou para ir ao banheiro e ainda ouviu o irmão perguntar à mãe, em voz baixa, se Vicki havia ligado.

Lúcio trancou a porta do banheiro com fúria, mal se reconheceu no espelho, os olhos tão apertados... Não seria aquela gente a culpada? Quem era a tal Victoria, afinal de contas? No mínimo, uma covarde. Por que ainda não tinha entrado em contato com o namorado naquela hora difícil? Claro, era bem mais fácil abandonar o navio, igual a um rato.

Lúcio não poderia saber, mas estava sendo injusto. Victoria desconhecia totalmente os acontecimentos recentes no Covisbe. Fosse coincidência ou sugestão de alguém, Rebeca exigia atenção completa da irmã caçula, e até havia pedido que desligasse o celular.

Inicialmente, a ida ao shopping. Veio então o jantar. E, depois das dez da noite, a confidência e a sugestão.

— Tem uma casa noturna que me fez uma proposta, Vicki... Querem uma *hostess*, uma noite por semana. Oferecem um salário fixo e comissão, dependendo do pessoal VIP que eu conseguir levar. O que acha?

— Poxa, Rebeca! Pode ser legal, hein? Você sai pra balada e ainda recebe pra se divertir? Isso parece um sonho! Claro que você aceitou!

— Não sei. Acho o lugar, sei lá, meio jovem demais... A minha turma não é tão novinha como a sua. Ei! — Rebeca agiu espontaneamente, como se a ideia viesse naquele momento. — E se você for comigo ver a tal casa agora? Você conhece o estilo dos meus amigos. Se o lugar parecer que é muito pra garotada, eu nem tento. Que tal?

— Mas agora...?

— Ah, vamos lá, sua tonta! Um favorzinho pra sua irmãzinha do coração... — Fez uma chantagem exagerada, com beicinho e tudo.

— Amanhã eu madrugo, Rebeca! O pai vai deixar?

— Deixa que eu explico pro coroa. Qualquer coisa, você nem vai pra escola amanhã.

— Rebeca! Está me levando para o mau caminho?

— Um dia de folga nunca matou ninguém!

Então foram. Um lugar chique, tratamento preferencial o tempo todo, pista de dança com efeitos especiais e um som muito animado... Quando chegaram em casa, quase três da manhã, Victoria estava caindo de cansaço. Teve um sono dos anjos, satisfeita com o passeio e antecipando o orgulho com que contaria ao namorado, dali a pouco, sobre o gesto fraterno e tão generoso da irmã.

Capítulo 12

FINAL DA SEXTA AULA. As turmas formavam longas filas à entrada do refeitório. Lúcio e seus amigos Washington, Douglas e Evandro falavam sobre o que a escola inteira comentava: *o caso Daveaux*.

A chegada de Vicki foi rápida e intempestiva.

— Lúcio! Preciso falar com você. Só consegui chegar agora e...

— Chegou cedo, hein? Caiu da cama?

A garota nem tentou revidar a ironia.

— Nem vinha para a escola. Nem sabia de nada! Só às dez horas é que a Tati me telefonou e... — tomou fôlego, ajeitou o cabelo num repelão — ... e eu fiquei sabendo do Benja. O que aconteceu?

— Aconteceu é que o meu irmão foi suspenso. Três dias. Suspeita de furto.

— Mas como?!

— Alguém aprontou com ele. — O vozeirão de Washington resumiu bem o sentimento geral sobre o caso Daveaux. — Meteram a bolsa da professora Meire na mochila do Benja e o celular da mulher tocou na hora do ônibus, na frente de todo mundo. Flagrante! E o Benja se ferrou.

— Isso não é possível! O Benja não é ladrão, ele nunca...

— Nunca ou não nunca, Vicki, o que eu sei é que é nessas horas que se conhece os amigos. — Lúcio olhou do rosto dela, tão descomposto, para a seriedade dos gordinhos. — Você nem estava aqui ontem pra apoiar o Benja.

— Eu não sabia! Saí com minha irmã ontem, voltei bem tarde. E hoje, depois que falei com a Tati, a manhã inteira liguei no celular do Benja, mas...
— O celular está comigo. E deixei desligado — disse Lúcio, ligando o aparelho.
Não passou um minuto e o celular tocou. Lúcio pediu licença e foi atender um pouco mais longe.
Vicki se virou para os gordinhos.
— Quem fez isso com o Benja? Por quê?
Os três se encararam, Douglas falou pelos outros:
— Eles incomodam muita gente aqui dentro, Vicki.
— Por quê? Os Daveaux não fazem nada de mal. Cuidam da vida deles...
Washington deu um sorriso escancaradamente cínico.
— Eles *existem*, Vicki. E estão aqui. Pra muita gente, só isso já é o fim do mundo.
— Mas...
A voz alterada de Lúcio interrompeu a garota.
— Mãe... Continua, o que eles disseram? MÃE... MÃE! — Afastou o celular do ouvido. — Droga!
— O que foi? — perguntou Evandro.
— Minha mãe... Está ligando de um orelhão. Não entendi direito, tem a ver com o Benja. Parece que procuraram por ele lá em casa, mas a ligação estava ruim.
— Ela não disse quem procurou por ele? — perguntou Douglas.
Lúcio moveu a cabeça em negativa. Apertou o celular com fúria, o olho brilhando.
— DROGA! Nem telefone fixo a gente tem em casa... Vida dura. A mãe é uma das pessoas mais sérias, honestas e dignas da face da Terra. E ainda tem de passar por isso. É uma palhaçada atrás da outra.
Nova ligação. Lúcio atendeu. Os quatro saíram da fila do almoço e formaram uma roda em torno dele. Silêncio e expectativa.
— Fala, mãe... Conta logo!
O rosto de Lúcio passava por transformações intensas, ouvindo com extrema concentração. Os amigos mal respiravam e os corações bateram forte quando ouviram...
— PRESO?! O Benjamim foi preso, mãe? Polícia na porta de casa, levaram ele pra delegacia? Onde, mãe? O que...

A ligação tornou a cair.

O carro rodava, os dois policiais na frente, Benjamim no banco de trás, para a delegacia do bairro do Marati. A acusação vinha de lá. Acusação... de quê?

Benjamim não entendia direito, tinha a ver com furto de um objeto que não era a bolsa da professora Meire. Sua cabeça rodava, seu estômago ardia... Não havia comido nada, a mãe o tirara da cama para enfrentar a denúncia. E vieram aqueles rapazes sérios, só um tanto mais velhos que ele, explicando que "Infelizmente, tem de vir com a gente, é nossa obrigação" e o choro da mãe, "Meu filho não fez nada!", o outro rapaz, "Dona, se acalme. Ele só vai prestar depoimento". E Edna: "Nunca na minha vida tive polícia na porta de casa por causa dos meus filhos! São bons meninos, sempre foram bons meninos".

Talvez até mesmo os policiais acreditassem que o rapaz calado, atrás na viatura, fosse mesmo um "bom menino". Pareciam constrangidos de ter de ir tão longe buscar o acusado que mais se comportava como vítima, mas era a lei.

Benjamim via lentamente os bairros pobres escassearem, as avenidas se ampliarem e o agora familiar bairro do Marati recebê-lo, não para as aulas, mas para que ele respondesse a uma acusação.

— Esses padres do Covisbe estão loucos! — disse Washington. — *Preso?* Desde quando se entrega aluno pra polícia por coisa que acontece na escola?

— Foi a professora Meire quem deu queixa na delegacia? — Evandro lembrou que sua mãe era amiga de infância da Meire. — Porque, se ela teve essa coragem, ela tá ferrada, ela...

— Calma! Minha mãe vai ligar de novo, foi buscar o papel em casa. Pelo que ela contou, não foi denúncia nem de padre nem de mulher. E parece que nem com a bolsa tem a ver direito. Falava de um possível furto, sim, mas que o objeto estava *dentro* da bolsa.

— Dentro? O que mais a sua mãe contou, Lúcio? — perguntou Douglas.

— Furto de uma joia. É essa a grande acusação contra meu irmão.

— Joia...? — espanto geral.

— A mãe falou que o B.O. dava a descrição do troço. Que dentro da bolsa tinha um broche do Covisbe, mas parece que muito, muito caro. O dono é que fez a queixa.

O celular voltou a tocar, Lúcio atendeu. Ouviu e só ouviu, concluiu a ligação dizendo:

— Faz o que pode do seu lado, mãe. Eu faço o que posso por aqui mesmo.

— Então...?

— No B.O., o nome de quem fez a denúncia era Lorenzo Sposito.

Todos olharam sérios para Victoria.

Conversa por celulares.

— Está enxergando eles no pátio, Jânia?

— Estou. Aqui da janela da biblioteca dá pra ver direitinho.

— Os gordos estão com cara de titica de minhoca. — Riu da própria piada. — Vão perder a hora do almoço, bando de elefantes? Por causa do amiguinho crioulo, oh, que injustiça! Panacas. Se toquem, é isso que dá andar de amizade com ralé.

— Pensei que a Vicki nem vinha pra escola.

— Pois é... A Rebeca não chegou tarde à beça com ela ontem?

— Parece que hoje teve dedo-duro na jogada. Avisaram a Vicki de manhã.

— Como esse pessoal gosta de se meter onde não deve, hein?

— O que eles podem fazer? Meu pai está furioso. Quer o Daveaux na cadeia pelo resto da vida.

— Que toque de gênio, Jânia! — Sérgio se animou com o trocadilho, falava à saída do refeitório, percebeu gente em volta, abaixou a voz. — Minha prima Jânia-gênio corajosa! Conseguiu o broche da irmandade e colocou na bolsa da Meire.
— Você que deu a dica. Achou que a professora ia arregar na hora da reitoria, e acertou.
— Então eu também sou gênio?
— Sem dúvida! Você não é da família?

— Por que vocês estão me olhando desse jeito? Acham que eu tenho alguma coisa com isso?
— E não tem? Não tem, Vicki?
— Claro que não, Lúcio! Eu amo o seu irmão. Eu... Quer saber? Meu pai descobriu o namoro da gente. Ele me proibiu de ver o Benja e...
— Então por que você não terminou o namoro, só isso? Precisava marcar meu irmão como um bandido?
— CALA A BOCA! — Vicki gritou mesmo, com tamanha vontade que atraiu um bedel.
O grupo resolveu sair do colégio e continuar a conversa na calçada. Iam calados, Lúcio logo atrás da garota. Tinha de reconhecer que ela agia com indignação e raiva verdadeiras. Parecia mesmo inocente, desconhecendo a farsa que se armava em torno de Benjamim.
Na rua, Vicki explicou rapidamente sobre sua conversa dura com o pai alguns dias antes. De como se recusou a romper o namoro e aceitar as proibições dele.
— E por causa disso o seu pai bota o meu irmão na cadeia? Rico pode fazer isso, a gente vive onde...? Na Idade Média, com um senhor feudal, dono da vida e da morte dos vassalos?
— O B.O. não teve nada a ver com o namoro, Lúcio — lembrou Douglas. — O Benja foi acusado de furto.
— E o pai da Vicki também não tem nada a ver com a bolsa da Meire — completou Evandro.

— Mas o tal broche estava dentro da bolsa da Meire — continuou Douglas. — Que joia é essa?

— Acho que sei — disse Washington. — Se o Sposito fez a queixa, deve ser a cruz e a espada dos bernardinos. Um presente para aqueles pais de família que colaboram *mesmo* com os padres, e muito, muito além de pagar mensalidade da escola pra filhinho.

— Tem isso aqui no Covisbe? — Lúcio estava surpreso. — Não basta ser escola de elite, tem de ter a elite da elite?

— Pessoal, vocês estão viajando! — Evandro fez um gesto de mãos para que "baixassem a bola". — A questão *mesmo* é esta: como um broche desses, negócio assim importante da irmandade e tal, que devia estar na casa dos Sposito, e o pai delas devia guardar com cuidado, como é que essa joia foi parar na bolsa da Meire?

— E a bolsa da Meire parar na mochila do Benja? — Douglas completou o raciocínio.

Ideias concentradas na cabeça de cada um. Rostos sérios. Olhares cúmplices. Washington com sua voz imperativa falou por todos:

— A Jânia.

"Pena que aquele bando de cretinos saiu do pátio", pensou Jânia, depois de se despedir do primo e guardar o celular. Estava tão divertido ver a cara de espanto deles... Saiu da biblioteca e seguiu pelo corredor vazio. Àquela hora, os alunos que tinham aulas vespertinas almoçavam no refeitório ou recolhiam-se em salas individuais de estudo.

Foi para uma dessas salas que Jânia se dirigiu. Andava depressa, sem encarar ninguém. Pensava: "O que será que a Vicki tinha na cabeça de se arrumar com um, com *um preto*? Um nojento igual ao Benja? Só porque é bonitinho?".

— Pra quem gosta... — resmungou ela, dando de ombros.

E eles se gostavam, Jânia constatou com amargura. Havia um brilho nos olhos de Benja quando encarava Vicki que era mais intenso que um raio. O modo como se tocavam... Jânia sentiu um arrepio, lembrou um dia em que flagrou o rapaz alisando suavemente o braço da irmã e ela respirava fundo, os lábios se abriam... Era um gesto simples, mas revelava tanta intensidade que doía. Doía por dentro de Jânia, que pressentia jamais encontrar sentimento assim por ela na vida...

"Cretinos. Nojentos. Tarados", resmungou.

Mereciam tudo de ruim que acontecesse com eles. Tudo que estivesse a seu alcance ou do primo Sérgio ainda era pouco. Afinal, era vingança.

Ou era inveja e Jânia nem percebia direito?

— Vou falar com meu pai — Vicki decidiu.
— Sei — Lúcio ironizou. — Dar uma bronquinha no velho, você! Vai esperar até de noite na porta de casa, toda enfezadinha, e vai dizer o quê? "Oh, papaizinho, que jeitinho malvado de se livrar de meu namorado, não sabia que minha irmãzinha Jânia é ladrazinha, oh, papai!..."
— Eu vou agora, já, até o escritório dele. A gente tem de tirar o Benja da delegacia, acabar com isso!
Surpresa.
— Você *vai mesmo*, Vicki, falar com ele agora? — perguntou Douglas.
— Vou. Tenho uma grana, pego um táxi e...
— Eu vou com você — Lúcio decidiu.
— Por quê? — disse Vicki. — Será que ele vai te receber? Se eu for sozinha, ele...
— Não quero saber, Victoria! Ele podia resolver isso de outro jeito. Como foi rápido em seguir pra delegacia! Como foi esperto em acusar meu irmão de roubo. Quero falar com ele. Com o grande Sposito, o dono da verdade! Que família, a sua... Dá até vergonha de um cara honesto como meu irmão se meter com gente tão suja.

Vicki abaixou a cabeça. Lembrou-se da véspera, o passeio tão gentil, "tão fraterno", o modo como Rebeca havia colaborado em afastá-la da escola e de casa. Até que ponto ela sabia da farsa, colaborou com aquela... como Lúcio definiu, *aquela sujeira?*

Concordou:

— Está certo, Lúcio. Não sei se meu pai vai ouvir, mas, se você quiser, pode vir comigo.

Acertaram os detalhes. Enquanto Victoria e Lúcio iam ao escritório do Sposito, os gordinhos tentariam localizar Jânia no Covisbe.

— Nessa hora, a Jânia costuma ficar nas salas de estudo — lembrou Douglas. — Pelo menos, costumo encontrar com ela por lá.

— Mas o que a gente faz? Encosta a Jânia na parede, ameaça arrebentar a cara dela se não confessar? — Washington esmurrava a palma da mão.

— Mesmo que ela confessasse, acabaria ficando entre nós — completou Evandro. — Ela tem de assumir o que fez diante do pai, dos padres, de todo mundo.

— Nunca vai fazer isso. — Douglas pensou um pouco mais. — E se a gente mudasse de tática?

Douglas falou e falou, conferiu objetos na mochila, respondeu dúvidas de Evandro, solucionou problemas antecipados por Washington. Afinal, separaram-se.

Capítulo 13

TUDO TÃO SILENCIOSO, por que não brincar com suas coisas? Até ali, o dia tinha sido fraco: só recolhera a borracha cor-de-rosa de uma colega e uma presilha de cabelo, esquecida na lanchonete. Em compensação, a véspera valeu por um mês de atividade! Como foi a frase do primo? "Jânia-gênio corajosa!" Sorriu para si mesma, satisfeita. Gostaria de receber sempre esses elogios. Pena que pouca gente compreenderia a dose de talento, de *determinação*, *planejamento* e *audácia* de seus atos!

— Jânia-gênio — falou sozinha, orgulhosa.

E ainda bem que em voz baixa. Ouviu um barulho na saleta ao lado. Fez uma careta. Adorava a sensação de isolamento e, mesmo que as divisórias vedassem bem, só a proximidade já incomodava. Se a conversa fosse em voz baixa, era impossível ouvir o vizinho. Mas quem estava ali conversava em voz alterada.

— Os Daveaux se ferraram nesta escola, acabaram!

— O que o Benjamim fez já era complicado...

— Será que foi ele mesmo quem pegou a bolsa?

— Onde tem fumaça tem fogo.

— Isso é verdade.

— Acho pior o que o irmão dele fez, agorinha, na saída da escola.

— O que foi?

— Eu vi porque estava por perto! O Lúcio deu de acusar a Vicki, falou o diabo. Você acredita que desceu a mão nela?

— O Lúcio *bateu* na Sposito?! Na frente de todo mundo?!
— Não foi bem assim. Eles estavam fora da escola. Sei que ele deu um safanão nela e a Victoria saiu correndo, disse que ia reclamar com o pai, que agora, sim, ele também ia ver! Disse que os dois Daveaux não valiam nada.
— Nossa, que história... Será que ela foi mesmo falar com o pai?
— No Covisbe ela não está. E acho que nem o Lúcio; ele se mandou.
— E agora?
— Agora, cara, vou cuidar da minha vida. Xiii... Esqueci o livro de geografia no armário. Vamos lá comigo?
— E deixar as coisas da gente assim, espalhadas aqui?
— Que é que tem? Tá vazio. A gente vai e volta em dois minutos. Não tem erro.

Jânia se encolheu atrás da mesa, tentou nem respirar, fazer-se invisível... Os garotos saíram pelo outro lado. Quem seriam? Não eram do terceiro ano, tinha certeza. E se desse uma olhada nas coisas espalhadas no reservado deles? Voltariam em dois minutos, mas alguém com as suas, bem, com as *suas habilidades* precisava apenas de alguns segundos.

Silenciosa feito um gato, passou por trás da carteira, olhou de um lado a outro no corredor. Os demais reservados estavam fechados, mas a porta vizinha, não. Olhou rapidamente na mesa deles: canetas, cadernos, pasta... e aquilo? Seria um smartphone? Que idiotas largarem um objeto daqueles sem cuidado algum.

Sentiu um leve suor umedecendo a testa, o buço, a palma das mãos. Conferiu de novo o corredor e a saleta. Um aparelho novo, fino, que cabia na palma da mão. O desejo de posse cresceu em seu peito. O desafio da conquista, sua alegria com a vitória! Deu um passo, outro, já abrindo o fecho da bolsa propositadamente grande e estendeu a mão, sentiu um leve tremido de ansiedade...

Pegou o objeto! Seu rosto se abria em sorrisos e o ato de colocar o smartphone furtado na bolsa provocou nela uma sensação física, quase um prazer sensual.

Um vulto. Uma figura grande, que tapava todo o vão da porta, falou para dentro da saleta:

— Conseguiu filmar, Douglas?
— Tudinho — respondeu alguém às suas costas.

Jânia se virou e viu um garoto gordo se revelar, uma minicâmera digital filmando seu espanto e fúria.

— O que vocês estão fazendo, o que vocês querem?
— O que a gente quer? Que tal meu celular, que você enfiou na bolsa, sua ladra?
— E-eu...?
Evandro catou a bolsa dela por trás e jogou todo o conteúdo sobre a mesa.
— Ei! Você não pode!
Douglas continuava filmando. O aparelho furtado era bem visível em meio a outros objetos.

— Mãe! O que a senhora faz aqui?
Edna apertou Benjamim num abraço e depois apresentou o homem de terno que a acompanhava.
— Filho, o padre mandou este senhor ajudar. É um advogado, o doutor Altino, amigo do Leon.
— Muito prazer. — O homem estendeu a mão e foi falando: — Vou conversar com o assistente do delegado para saber como andam as coisas, se é mesmo uma denúncia formal... Quem sabe a gente evita um processo.
— Mas advogado, mãe...? Até isso?
— O doutor Altino é gente boa, vai nos ajudar. Vai dar tudo certo, meu filho.
Edna sentou-se na cadeira de plástico ao lado do filho e suspirou, aliviada. A delegacia não era o lugar sombrio que seus pesadelos de mãe anteviam. Ambiente limpo, assoalho e paredes azulejadas e claras. Uma TV grande, ligada em volume baixo. As várias cadeiras de plástico, emendadas e viradas para o aparelho. Parecia mais uma sala de espera de centro médico do que delegacia.
Apesar disso, de ser confortável e tranquila, ainda assim era uma delegacia. Lugar de acusar e processar os suspeitos e punir quem precisasse ser punido... Não era?
— Vai dar tudo certo — repetiu, sem muita convicção.

Doeu muito em seu coração captar um conformismo na voz de Benja.

— Eu não fiz nada, mãe, e mesmo assim estou aqui, até precisando de advogado... O que fizeram com a gente, mãe? Por quê?

Edna não sabia responder.

— Vamos chamar o professor Hans agora, Evandro? — Douglas continuava filmando.

— NÃO! — Jânia pegou depressa o smartphone no meio dos outros objetos e o estendeu para Evandro. — Tome, eu não queria...

— NÃO QUERIA O QUÊ, JÂNIA? — gritou Evandro. — Você entrou aqui de propósito, para roubar o celular do Douglas. A gente gravou tudo.

— E ainda está gravando.

— Vocês não podem fazer isso comigo!

— Não podemos? A gente *já* está fazendo, Jânia.

Um instante de silêncio, para que a garota digerisse bem o que estava acontecendo. Então Douglas abaixou a filmadora e disse:

— Agora desliguei o aparelho. Pronto. Senta aí e vamos conversar com a câmera desligada, certo?

— Co-como assim? — Jânia se jogou sobre a cadeira.

— Você não roubou só o meu celular, Jânia — Douglas fuçou nos objetos, pegou um chaveiro e o ergueu. — Duvido que você seja sócia do Palmeiras pra ter isso na bolsa, não é mesmo? Ou que use um batom vermelho desses, ou...

— Eu devolvo! Eu devolvo tudo!

— Devolve mesmo? Igual devolveu a bolsa da professora Meire?

Jânia abriu e fechou a boca, sem coragem de desmentir.

— E o broche da irmandade? Que golpe de mestre, Jânia. Parabéns! Colocar aquela joia na bolsa da professora... e pra quê? Para incriminar o Benja ainda mais?

— Não sei do que vocês estão falando. Não tive nada com isso. Não peguei o broche da irmandade do meu pai nem coloquei na bolsa da Meire.

Douglas começou a rir, a rir mais e mais alto.
— Além de mentirosa, mente mal! Jânia, como é que você sabia que havia um broche de uma irmandade na bolsa da Meire e, mais ainda, como sabia que o broche era *do seu pai*? Ninguém comentou sobre isso na escola.
— A gente só sabe porque é amigo do Lúcio e ele contou — disse Evandro. — E você?
— Eu ouvi... ouvi lá em casa. Ligaram aqui da reitoria... Papai falava alto pelo telefone. — O rosto pálido da menina estava quase esverdeado. — Ele mesmo chegou à conclusão de que só podia ser roubo do Benja, que o cara ficava na boa pela casa e...
— Que liiiiiiiiiinda história! — Evandro ironizou. — Além de ladra, gosta de ouvir atrás das portas. Vai ser o orgulho do papai.
Douglas ergueu a câmera.
— Quem sabe este meu filme aqui não faz o seu pai mudar de ideia? Se a filha dele rouba celular, por que não rouba broche de irmandade?
— Eu não roubei o broche! Sabia que ele ia acabar nas mãos do reitor... junto com a bolsa da professora.
— Claro, por que você roubou a bolsa e colocou na mochila do Benja. E telefonou para o celular da professora na hora da saída, pra darem o flagrante no Benja. Não foi assim?
Jânia respirava ofegante, que tontura, e que *tortura*, meu Deus! Eles não iam parar com aquilo?
— O que vocês ganham fazendo isso comigo? Me deixem em paz!
Douglas percebeu que mais um pouco e ela desmaiava. Mau negócio! Teve a inspiração e prometeu:
— Eu dou o filme para você, Jânia. A gente não te denuncia para o Hans.
— Douglas! — Evandro se assustou. — O que você está fazendo? O filme é a prova de que essa ladra...
— Você só precisa confessar que roubou a bolsa e o broche e a fita é sua.
— E-eu... você devolve mesmo?
— Claro que sim.
Jânia respirou fundo, pegou fôlego, ia responder... quando viu Sérgio na sala, aproximando-se e lançando um olhar furioso para ela.
— *Sérgio!* — Que alívio na voz de Jânia. — Eles me gravaram nessa fita! Eu peguei o celular do Douglas, eles iam me entregar para o Hans, eu...

— Você é uma idiota mesmo, Jânia. Sabia que não podia confiar em você. Pensou mesmo que esses amiguinhos dos crioulos iam devolver a fita? Iam é te levar rapidinho pra reitoria. Só queriam que você assumisse o roubo, e pronto! Você já era.

— O que você tem com isso, Sérgio? — Douglas se encolheu, intimidado, aproximando a filmadora do corpo. — É um assunto nosso com sua prima.

— Vocês acham mesmo que uma cretina dessas teria a inteligência de bolar um plano assim? Ela pode ter jeito de pegar as coisas, mas organizar o resto, pensar quando ligar para o celular da Meire, chamar o panaca do Hans na hora do flagrante, aumentar o furto com uma coisa da casa dos Sposito? Quem você acha que fez tudo isso?

— Foi você quem bolou tudo. — Douglas parecia mais e mais arrasado.

— Claro que fui eu! Só um cara muito esperto bolaria um plano desses. E daí? Vão contar pra alguém? Você, seu porco gordo, e esse saco de banha do seu amigo vão me ameaçar?

— A gente tem a fita do furto do celular. — Evandro apontou para a máquina na mão do amigo.

Sérgio foi bem rápido. Jogou-se sobre Douglas e deu um golpe no pulso dele, forçando-o para baixo com violência. O garoto se torceu para acompanhar a pressão e soltou a filmadora. Evandro tentou agarrá-la, mas Sérgio pisou com força no seu braço e chutou a filmadora na direção de Jânia. A menina pegou o aparelho e com dois gestos rápidos retirou a fita da máquina e a exibiu, feliz, como se fosse um troféu.

Sérgio soltou o braço de Douglas. Vitorioso, resolveu provocar um pouco mais.

— Como vocês são imbecis. Que planozinho medíocre este, coisa de detetive amador. — Andou até a prima, tirou o filme das mãos dela. — Sabem o que eu devia fazer? Devia deixar esse filme com vocês. Devia até chamar o Hans, pra vocês denunciarem essa ladrazinha idiota.

— SÉRGIO! — gritou Jânia.

— O que eu perco com isso? O que o roubo desse celular... — conferiu os objetos soltos na carteira, pegou o smartphone dentre eles e fez cara de desprezo — ... e de marca ruim, ainda por cima... Ah, Jânia, só mesmo uma burra pra se sujar por uma droga dessas... O que isso tem a ver com o roubo da bolsa da Meire, com o sumiço do broche? Uma coisa nada tem a ver com a outra.

— Me dá o filme, Sérgio! — Jânia exigiu. Quando viu o primo guardá-lo na jaqueta, implorou: — Devolve, por favor... Eu faço o que você quiser.
— Hmmm, vamos ver. Quem sabe? A gente pode conversar. Vai ser bom ter esse trunfo na mão.
— Sérgio, o que...
— A gente podia combinar de você pegar umas coisas mais legais, entende? Dividir o roubo de objetos mais caros do que essa porcariada que você pega...
Sérgio riu, mais e mais alto e vitorioso. Chutou a carteira, esparramando o conteúdo da bolsa pela sala inteira, feliz. Só então pareceu se dar conta dos dois gorduchos fazendo-se menores, silenciosos e envergonhados, perto da porta.
— Vocês ainda estão aí? Palhaços, fora! Rua! Ou querem apanhar mais? Fooooooooooooraaaaaa!
Sérgio deu um chute, mas só acertou o ar, tamanha a velocidade com que Douglas e Evandro escaparam da saleta.
Dali a dois minutos, protegiam-se no banheiro masculino.
— E aí? — perguntou Evandro, ofegante.
— Espera um pouco. — Douglas investigou nos bolsos, tirou um minissupergravador espião.
— Gravou?
Douglas voltou a gravação, as bochechas tremulando de ansiedade. Olhos nos olhos do amigo, respirou fundo, torcendo para que tivesse dado certo.
Ouviram um som chiado e depois a frase, bastante audível: *Vocês acham mesmo que uma cretina dessas teria a inteligência de bolar um plano assim?* Douglas avançou a gravação, ouviram: *Claro que fui eu! Só um cara muito esperto bolaria um plano desses. E daí? Vão contar pra alguém?*
Que risada feliz Douglas e Evandro deram! Que abraço aliviado eles trocaram!
— Vamos contar, sim — concluiu Evandro, "conversando" com o gravador. — Douglas, liga já para o Washington.

Capítulo 14

O ESCRITÓRIO DE LORENZO SPOSITO ficava na avenida Faria Lima. Nem era tão longe do Marati, uma curta corrida de táxi. Mas como foi tensa... Um prédio imenso, muito vidro azul e alumínio na fachada. Vicki pagou a corrida e ela e Lúcio seguiram para o saguão. Fizeram a identificação rápida e foram para o 16º andar. O elevador abriu as portas direto para o logotipo SPOSITO IMPORTAÇÕES. Vicki entrou sem bater.

— Lembra de mim? Soraia, não é esse o seu nome? — Vicki se dirigiu para a moça loira e elegante de terninho. — A gente se vê nas festas de fim de ano da empresa, sou a Victoria.

— A senhorita, oh, Victoria, a filha de...? Lembro, sim, claro, que surpresa, seu pai não disse que viria.

Os olhos da funcionária iam de Vicki para seu acompanhante, superembaraçada. Lúcio abaixou a cabeça e sorriu, aquele constrangimento não deixava de ser engraçado. "Ela deve estar na dúvida de como me tratar. 'Será que o crioulo é amigo da patroazinha, encrenca para mim ou alerta urgente para a segurança?'"

— Por favor, Soraia, avise papai que a gente precisa falar com ele.

— O senhor Lorenzo não está. Teve uma reunião fora daqui, nem se encontra no prédio.

— A que horas ele volta? — Vicki olhou no relógio.

— No final da tarde, lá pelas cinco.
Eram 14h10.
— E agora? — perguntou Lúcio.
— Agora? — Vicki olhou em volta, catou uma revista na mesa de centro, jogou-se maciamente num sofá largo e apontou o outro para o colega. — Agora, Lúcio, a gente espera.

Washington ria tão alto e tão grosso, ouvindo Sérgio na gravação, que deixou os amigos sem graça. Ainda bem que o restaurante estava meio vazio, por já ter passado do horário de almoço.

Não permaneceram no Covisbe à tarde. Precisavam de organização, sem o risco de toparem com Jânia ou com Sérgio. Evandro se lembrou daquele restaurante, distante o suficiente da escola e, portanto, um bom local para reunião.

— Ele se entregou, caras!

Washington voltava a gravação e ouvia de novo o trecho: *Vocês acham mesmo que uma cretina dessas teria a inteligência de bolar um plano assim?* Gargalhava, flagrava outro momento: *Claro que fui eu! Só um cara muito esperto bolaria um plano desses.* Seguiu depois até o final, a voz agoniada de Jânia implorando a ajuda do primo e a conclusão dele: *A gente podia combinar de você pegar umas coisas mais legais, entende? Dividir o roubo de objetos mais caros do que essa porcariada que você pega.*

— Quase tenho dó da Jânia — concluiu Douglas, desligando o minigravador. — Ficar refém de um canalha desses...

— Eles se merecem — resumiu Washington.

— E agora? — perguntou Evandro.

— Agora? — Washington chamou o garçom, tirando celular e carteira do bolso. — Não sei vocês, mas estou com uma fome de lobo depois de perder o rango no Covisbe. Tenho também de fazer umas ligações. Tem gente que precisa saber agora, rapidinho, dessa gravação.

Veio o cardápio e cada um deles pediu dois pratos.

Edna saiu da delegacia para buscar um lanche. Doutor Altino finalmente teve permissão de falar com o delegado. A delegacia de Marati podia ser limpa e sóbria, mas os funcionários não se interessavam muito em facilitar a vida de ninguém. Poucos casos surgiam ali — um homem com o olho roxo por causa de alguma briga, dois amigos registrando o furto de uma moto, uma senhora com a bolsa roubada, marido e mulher reclamando o furto de um aparelho de GPS do carro —, mas a demora no atendimento era constante. Por fim o casal se foi, depois que soube da possibilidade de fazer o B.O. pela internet. O "olho-roxo" teve prioridade e os demais casos esperavam longamente. Como Benjamim, que permanecia na antessala.

E, de todas as ideias tristes, tolas e angustiantes que lhe passavam pela cabeça numa hora como aquela, a que mais o incomodava era a ausência de informações sobre a namorada.

"Por que Vicki não ligou ontem? E hoje, na escola, não ficou sabendo de nada?" Claro que era uma fantasia ver a garota adentrar a delegacia, lançar os braços em torno de seu pescoço, falar palavras de amor... E, entre esperanças gloriosas da imaginação e uma posição prática e objetiva, os minutos passaram.

Benja até se surpreendeu quando o advogado sentou-se ao seu lado; uma coincidência, pois no mesmo momento Edna surgiu com o sanduíche.

— E então...? — perguntou ele ao doutor Altino.

— Demorei porque o delegado tentou localizar o senhor Sposito. Ele não estava no escritório, mas conseguimos seu número de celular. O delegado acabou de falar com ele.

— E então? — Desta vez, foi Edna quem perguntou.

— O homem não quer retirar a queixa.

— Ooooh, meu Deus... — Edna sentiu os braços amolecendo, aceitou o lugar oferecido pelo filho. — Vão fichar o meu filho. Querem o Benjamim na cadeia.

— Calma, dona Edna! — pediu o advogado. — Não é bem assim.

E explicou os procedimentos.

— O escrivão vai pegar o depoimento do seu filho. Benjamim dá a versão dele sobre o furto...

— Furto?! — Edna voltou a se agitar. — Meu menino tão honesto acusado de roubo?!

— Dona Edna, é furto, e não roubo. *Ainda bem*, pois se trata de crime de oportunidade, sem violência física ou invasão de propriedade. Se fosse uma acusação de roubo, a coisa seria pior.

Edna apertava e desapertava os dedos sobre o saquinho do lanche, tentando prestar atenção. O advogado prosseguiu:

— O Benjamim presta depoimento, assina a sua versão. Como é réu primário... — E explicou antes que a mulher se indignasse novamente: — Isso significa que ele tem ficha limpa na polícia; *réu primário* é quem nunca foi indiciado antes na vida, só isso. Então o caso é apenas de furto. Se o senhor Sposito quiser prosseguir com a acusação, bem, nós tomaremos outras providências. Mas a joia foi localizada, será devolvida, então se acalmem. Duvido que o Benjamim seja processado. Não há motivo para nada mais drástico.

Edna não falou, só olhou bem dentro dos olhos do filho. "Ah, seu menino bonito. Drástico!", pensou. "Já não é drástico demais Benjamim estar aqui? Ser acusado desse jeito?"

Suspirou fundo e mais fundo e passou o pacote para o rapaz.

— Come, meu filho, come. Essa história ainda vai longe e, meu Deus!, você precisa estar forte para o que der e vier.

Washington foi até a porta do restaurante falar no celular. Talvez para conseguir ligação mais nítida ou criar maior suspense entre os amigos.

— Conseguiu falar com quem você queria? — Evandro perguntou para o amigo, mal ele voltou.

— Foi melhor do que pensei.

— Eeeeeeeee...? — quis saber Douglas.

— Já disse: foi melhor do que pensei.

— Só *isso?* — insistiu Douglas. — Vai agora ficar de segredinho pra gente?

Washington investiu no resto de bife à parmegiana.

— Que curiosidade, hein? Vocês nunca ouviram dizer que "a curiosidade matou o gato"?

— É, mas a minha avó também dizia "e a satisfação o ressuscitou" — completou Evandro. — E aí?

— Aí que a pessoa com quem falei já sabia das coisas. Mais até do que imaginei. Já tomava suas providências... — Espetou uma batata e a deixou de lado. — Hum, a batata ficou murcha, mas o bife está muito bom... Vocês não querem mais nada?

— Poxa, Washington! — Douglas se decepcionou.

Washington calmamente terminou o bife antes de dizer:

— A gente tem que ir a um lugar. — Olhou no relógio. — Mas, se quiserem, dá tempo de pedir a sobremesa antes de pegar o táxi.

Faltavam dez minutos para as cinco da tarde quando Lorenzo Sposito entrou no escritório.

— Pai! — Vicki se levantou de um pulo do sofá.

Lorenzo tinha pressa. E raiva. Só ergueu a mão, imperativo, sem permitir abraços ou gestos de cordialidade.

— Quieta, Victoria, fique calada, por favor. O que tenho a falar com você, eu falo depois. Na hora certa.

Virou-se para a secretária, conferenciou algo com ela em voz baixa, depois elevou a voz:

— Quando eu avisar, quero falar com esse cavalheiro. — Apontou para Lúcio. — Só com ele. Mais ninguém, entendeu?

Entrou na própria sala sem se virar. Com olhos úmidos, Vicki sentou-se arrasada no sofá. Antes de Lúcio confortá-la, Soraia atendeu o interfone e ordenou:

— Pode entrar, senhor Daveaux.

"Agora essa aí já sabe como me tratar", pensou Lúcio, passando pela mulher empertigada e solene em sua mesa, fingindo conferir uns documentos. Lúcio ajeitou o cabelo com a mão e empurrou a porta do escritório de Lorenzo Sposito.

A toca do lobo.

O motorista de táxi ouvia um rock a toda altura, cortando os carros a uma velocidade de piloto de Fórmula 1, e foi preciso que Washington pedisse umas três vezes antes de o motorista abaixar o som.

— Oi. — Washington atendeu o celular. — Pode dizer... Isso, a gravação está com a gente. Ouvi, sim. Está tudo lá, claro que nem água da fonte. Ahã... Quanto tempo ainda?

Washington afastou o aparelho do ouvido e conferiu com o motorista:

— Falta muito pra gente chegar? — Ouviu a resposta e voltou à ligação. — Uns dez minutos... É pra esperar na porta? Tá limpo.

E guardou o aparelho no bolso. Antes que o motorista aumentasse o volume do rádio, Douglas gritou para o banco da frente, onde se sentava Washington:

— Claro que você nem pensa em contar pra nós quem ligou pra você nem o que vocês conversaram...

Washington olhou com dificuldade para o banco de trás, coçou a barba meio crescida no queixo e sorriu do modo mais torturador possível:

— Claro que não.

Edna sabia que o fato da sua mão doer era psicológico. Afinal, fazia muito tempo que as queimaduras haviam cicatrizado. Mas como sua mão doía... "O que dói mesmo é a alma", pensou.

O filho e o advogado estavam sentados mais longe, ensaiando o depoimento. A todo momento, via o menino ser interrompido: "Não diga desse jeito, Benjamim. É melhor falar que você não viu a professora Meire naquele dia". E o filho contrapor: "Mas eu vi, senhor Altino! Eu e uns amigos estávamos no pátio quando ela passou, a gente ainda brincou sobre um filme que ela comentou na outra semana e...". E o advogado: "Não, não é bom demonstrar tanta intimidade! Se não teve aulas com ela naquela manhã, diga que...".

Edna parou de prestar atenção. "Ainda fazem do meu menino um mentiroso. É isso que vão fazer com eles naquela escola de rico? Vão ter que virar dois safados para continuarem lá?"

Primeiro, pensou que era uma brincadeira de seus olhos. Depois, quando viu Benjamim sorrir e se levantar da cadeira, seguido do advogado, acreditou nos próprios olhos. Ele não estava fora de São Paulo, tão longe?

Mas era mesmo o padre Leon quem acabava de entrar na delegacia.

Sposito não indicou nenhuma cadeira para Lúcio se sentar nem demonstrou qualquer cordialidade. Mal a porta fechou, disse:

— Você não vai pedir?

— Como assim?

— É, implorar. Não foi para isso que veio, como é mesmo seu nome? O Daveaux eu sei, mas o primeiro nome...?

— Lúcio.

— Isso. Não veio pedir que eu retire a queixa de furto que fiz contra o seu irmão?

— E eu devia fazer isso? — Lúcio sentou-se mesmo sem ser convidado e manteve o olhar direto nos olhos do outro. — Pra pedir isso, deveria acreditar mesmo que meu irmão roubou alguma coisa. O que não é verdade.

— Opa! Parece que você é corajoso... Então, se não é para implorar, o que você quer? Autorização para seu irmão e minha filha ficarem juntos?

— Senhor Sposito, não sei se já reparou, mas a sua filha é bem crescidinha pra saber com quem ela deseja ou não ficar. E, depois, *nunca* que eu ou alguém da minha família viria até aqui pedir uma... — concluiu de um jeito bem marcado — au-to-ri-za-ção para o senhor.

Lorenzo fez cara de quem não estava gostando do rumo da conversa; um ligeiro tique nervoso surgiu em seu queixo, um tremular que foi logo contido.

— Minha filha não é tão crescida assim, senhor Lúcio. Ela é só uma menina. Uma menina tola... cheia de sonhos, oh, "um amor e uma cabana". Lindo isso. Na TV. Nos romances. Mas na vida real? — Deu um tapa no ar. — É ridículo. O que aconteceria com eles se resolvessem fazer alguma enorme besteira, como se casar?

— Acho que aconteceria com eles o mesmo que com qualquer jovem que pensasse em casamento aos 16 anos: passariam por um monte de dificuldades.

— Ah! Iam morar na favela, é isso? Ou fazer um puxadinho na casa da sua mamãe? Oh, ou bem que seu irmão podia trabalhar de operário de dia e de entregador de pizza à noite, não é mesmo? E a Victoria, ora, ela podia ser balconista! Claro, um emprego de futuro, e fazer faxina no fim de semana. E filhos? Quantos terão? Um, dois, três, quem sabe? Aos 19, 20 anos, minha menina ia estar com corpo de 35 e uma cria de mulatinhos pra cuidar... Pra gente que vive que nem rato, como vocês, isso bem podia ser uma vida feliz. Mas para uma Sposito? Que piada!

Lúcio sentiu o sangue ferver. Apertou a mão no encosto da cadeira macia, soltou toda a ansiedade na ponta dos dedos e falou muito calmo, muito devagar:

— Sabe, senhor Lorenzo Sposito, acho que nem Benjamim nem sua filha pensam em viver uma vida assim. Acho que eles querem algo muito melhor que isso para eles. Acho que eles se gostam mesmo e saberiam lutar sozinhos por um futuro. Acho que essa história da denúncia de roubo está muito mal contada e que o senhor usou isso de pretexto para ferrar meu irmão, se é que não foi o senhor mesmo que fajutou esse furto. E acho ainda, senhor Sposito, que o senhor é um racista. Um grande racista filho de uma...

Completou o palavrão com todas as sílabas. E esperou pela explosão.

E Sposito estourou.

— Malditos! Ralé! Crioulada sem-vergonha, quem vocês pensam que são? Pensam que são gente, por acaso? Só porque apareceu um parente padre e acabaram estudando em boa escola, acham que podem entrar na casa de qualquer um e sair assim, com uma menina de família?

Lúcio gostou da ideia de manter a calma. Ver o outro estourar, humm, era bom. Como diziam mesmo os franceses naquele romance que a professora Françoise pediu para eles resumirem? Era um livro de capa e espada, com tantas lutas... E, quando um esgrimista acertava o toque de florete no corpo do inimigo, ele não dizia "*Touché*"? Pois bem, "*Très bien, monsieur Lúcio*", pensou o rapaz, "você *touché* esse racista fdp".

E prosseguiu calmo:

— Pensei que o que o senhor tinha contra o meu irmão fosse o suposto roubo de uma joia. Mas estou vendo que é racismo mesmo. Sabe que racismo é crime no Brasil? Lei Afonso Arinos.

— Lei????????? Você se atreve a falar de lei? Vou botar, sim, a lei em cima de vocês, pretinhos de uma figa! Não sei quem roubou a joia, mas...

— Ah, o senhor não sabe? E como foi rápido em denunciar o Benjamim, hein?

Sposito continuou gritando, sem se importar com a contradição do que dizia:

— Para mim, *foi seu irmão, sim*! Ladrão... Ladrão de joia, da minha filha, do meu dinheiro... Vou acabar com vocês. O reitor do Covisbe foi testemunha. Tem professores que viram o broche da irmandade na bolsa que seu irmão pegou, daquela tal professora... Ela mesma também me deve uma. Todo mundo come na minha mão, entendeu? *E eu vou acabar com a raça de vocês!*

Timidamente, a porta se abriu. O rosto confuso de Soraia apareceu no batente.

— Eu mandei não me interromper! — gritou Lorenzo para a secretária.

A mulher apontou a antessala.

— Mas, senhor Lorenzo, estão dizendo que precisam falar agora com o senhor.

— Nem que fosse o papa, entendeu?, eu atendia!

— Posso não ser o papa, Sposito, mas agora já interrompi. — O vozeirão de sotaque interiorano era tão nítido que o homem não precisava gritar para superar qualquer berreiro. — Já tô no seu escritório, vai fazer o quê? Vai me botar pra fora?

Entrou um homem desconhecido de Lúcio. Era um gigante coberto de pelos na cara, nas mãos... Com o rosto redondo e o terno elegante apertando as carnes, sugeria um lobisomem vestido em trajes de festa. E nem era necessário estar acompanhado do filho para se descobrir logo de quem ele era pai.

— Ariovaldo Bulhões? Mas o que você faz aqui agora? — O espanto de Lorenzo era legítimo.

— A gente tem de conversar, Sposito. Tem umas coisinhas que você precisa ouvir. — E tirou o gravador do bolso.

Leon primeiro falou a sós com o advogado. Doutor Altino ouviu atentamente e depois pediu nova audiência com o delegado. Então o padre teve tempo de se sentar entre Edna e Benjamim para dar algumas explicações.

— O pessoal do Covisbe deu os recados, mas *non* consegui chegar antes de Presidente Prudente. Procurei *enton* meu grande amigo, Ariovaldo, ele vinha mesmo para *Son* Paulo, ofereceu carona no seu *avion*. Mas já na hora do voo, o filho dele, Washington, telefonou para o pai e explicou umas coisas. Disse que ele e uns amigos descobriram novidades dessa *acusaçon* de roubo. — Sorriu para Benjamim. — Aprontaram feio com você, *mon ami*. Como foi?

Benjamim descreveu resumidamente a farsa do celular, a acusação de furto da bolsa da professora, a suspensão. E seu imenso espanto quando a acusação mudou para o furto de uma joia que ele nem sabia existir.

Leon sorriu mais abertamente.

— É o broche da Irmandade de São Bernardo. Peça rara, só uns privilegiados ganham esse broche. Era mesmo para sujar você com os Sposito.

— E quem fez isso, padre Leon? — perguntou Edna. — Já descobriram?

— Acho que agora mesmo estão acertando isso.

Sposito evitou ao máximo ouvir a fita. Se a gravação viesse por outra pessoa, que não seu maior parceiro comercial no ramo de exportação de carne, jamais aceitaria aquilo sem a presença de uns três advogados. Mas Ariovaldo, com seu jeito despachado de sempre, foi metendo o dedo grande no botão PLAY e soltando o áudio.
    Então, Lorenzo teve de ouvir a voz ansiosa da filha Jânia conversando com uns garotos estranhos... Teve de entender que ela praticamente assumia vários furtos na escola além da bolsa da professora... E que surpresa reconhecer a voz do sobrinho Sérgio, filho de sua irmã! Perceber que o garoto havia armado realmente, e com cinismo impressionante, um modo de incriminar o Daveaux. Para concluir a história com um fecho de ouro de mau-caratismo, ouviu o sobrinho chantagear a filha e propor-lhe cumplicidade em futuros roubos.
    A gravação se encerrava com ruídos altos. Ariovaldo desligou o aparelho.
    — Agora você tá entendendo o que aconteceu, Sposito? Foi vingança da sua filha Jânia. Sempre achei que essa menina tinha um parafuso meio solto... Então, deu nisso. E esse seu sobrinho, benza Deus, que canalha! Num vale o que come. Se fosse boi, mandava já e já pro matadouro. E olha que a carne dele devia dar indigestão no churrasco. Só servia pra ração animal, e coitados dos bichinhos! — Riu alto e mais alto, sabendo como suas piadas grosseiras incomodavam o sócio sofisticado.
    Lorenzo esfregava uma mão na outra, debaixo da mesa, concentrando a raiva no gesto, arrancando o que podia de dignidade, mantendo o rosto o mais neutro possível. "O que fazer, o que fazer..."
    Ariovaldo pareceu ler a mente de Lorenzo e comandou as ações.
    — O que você vai fazer agora, agorinha e já, Sposito, é ligar para o delegado de Marati e retirar a queixa contra o irmão do Lúcio, que o coitado tá na delegacia desde a manhã e isso não se faz, ainda mais o moço sendo inocente. Imagina ter de passar por um vexame desse... — E se virou para Lúcio. — O teu primo, o padre Leon, está lá com eles, segurando a denúncia do caso.

Bulhões olhou depois para os garotos e deu a ordem final.

— E agora dão licença, pois tenho umas coisas pra conversar com o meu sócio aqui e quero fazer isso, como diz gente educada, *a sós.*

Esperou que Washington e Lúcio saíssem para se reunirem com Victoria, Douglas e Evandro, que aguardavam na antessala. Mal a porta fechou, Ariovaldo falou para Lorenzo:

— Ligue agora para a delegacia.

Lorenzo pediu a ligação para a secretária. Foi uma conversa ligeira e formal; era homem importante e mesmo um delegado reconhecia isso. Falou vagamente de "um equívoco", "retirar a queixa", que logo um advogado da empresa seguiria para lá, que liberasse o rapaz. Fim de caso. Sposito desligou o telefone e esperou.

Ariovaldo Bulhões tirou da lapela do próprio terno um broche com a espada e a cruz brilhantes. Brincou com a peça entre os dedos, jogou-a para Sposito.

— Foi o sumiço disso aí que te deixou doido assim, homem? Quer o meu? Fica. Basta eu contribuir com umas cem cabeças de gado que ganho outro da ordem... Mas você sabe que não foi isso. Nem foi essa sua filha doida e ladra que te botou nessa fúria de boi danado. É a sua outra menina, essa que está aqui do lado de fora, que te incomoda. É a Victoria gostar de um moço bom, mas que, pra você, não tem nem a cor nem a família que devia. Não é isso, Sposito?

Lorenzo pegou o broche e jogou de volta para o sócio, que o segurou no ar.

— Deixa de ser hipócrita, Bulhões! O que você faria se o seu garoto, se o Washington, se engraçasse com uma crioulinha, com uma menina da fazenda? Ia aplaudir, dizer "Oh, que lindo, vocês têm a minha bênção, sejam felizes"? Vai mentir que sim, que ia ficar tudo bem?

Ariovaldo andou um pouco pela sala. Não viu sinal de cinzeiro, mas não se importou com isso. Tirou as cigarrilhas do bolso do terno, ainda perguntou "Se importa que eu fume?", sem esperar resposta. Sabia que Lorenzo se importava, mesmo assim acendeu o cigarro. Deu longa baforada antes de dizer:

— Você nunca ia entender uma coisa dessas, Sposito, mas, se a menina fosse sincera e de princípios, com honra e dignidade, eu dava mais que a bênção. Eu dava conselho pro meu filho num perder uma joia dessas e ficar, sim, com a menina. Orra, hóme! Tu acha que tenho essa pele escura só de bronzeado? Que elite brasileira é essa, toda de nobreza? Valha-me Deus, isso serve pra quê? Mas deixa pra lá, acho que você não é homem de entender isso.

A cinza da cigarrilha aumentava. Sposito prendia a respiração, tentando fugir da fumaça. Ariovaldo olhou em volta, não viu onde bater a cinza, esvaziou um porta-canetas dourado e usou a peça como cinzeiro.

— A Leonor foi amiga de escola da minha mulher. Lembro das duas, mocinhas tão bonitas. A gente se conheceu naquela época, tem mais de vinte anos... O que você era, Sposito? Um italiano recém-chegado, fazendo assessoria comercial e procurando parceria em exportação. Não vou desmerecer o seu talento, mas que o dinheiro da Leonor ajudou, ah, isso ajudou mesmo no seu negócio!

— O que você quer dizer com isso, Bulhões? Que sou oportunista? O que mais falta? Vai me acusar? Vai dizer que é minha culpa a pobre Leonor ser doente?

— Não sou burro de afirmar coisa dessas, hóme, nem médico pra aviar receita! — O vozeirão se impôs. — Só estou te lembrando de umas coisinhas... Que o valor de um homem não depende do lugar onde ele nasceu.

Deu uma tragada funda na cigarrilha, ganhou tempo. E continuou:

— O que eu sei e meu filho Washington também sabe, porque esse menino puxou o pai, é avaliar caráter. Nem precisava os meninos terem feito a gravação, eu vinha de qualquer jeito. — Riu. — Mesmo sabendo que você ia ficar doido comigo, de eu meter o bedelho na sua vida, eu vinha, sim, defender o Benjamim. Os Daveaux são gente boa. Gente que reconhece oportunidade e que vai crescer na vida, se Deus quiser e os homens não atrapalharem.

Ariovaldo esmagou a bituca da cigarrilha no porta-canetas, para alívio de Sposito. Levantou calmamente da cadeira, seguiu para a porta. Antes de sair, concluiu:

— E espero que os homens não atrapalhem a justiça divina, Sposito. Dou um conselho: larga do pé dos meninos. Deixa sua filha decidir a vida dela. Essa é outra que tem a cabeça no lugar, a Victoria sabe quem vale ou não vale a pena na vida dela. E deixa o mundo seguir, homem de Deus. Toma jeito. Espero mesmo não ter de conversar de novo desse assunto com você. Porque, se isso acontecer, acho que a gente vai bem

depressa deixar de se chamar de sócio. E não estou ameaçando. Estou só te avisando que eu gosto de ter ao meu lado gente de bem, de caráter.
　　Lorenzo não respondeu. Seu olhar vagava pela sala, ansioso. Olhava além do homem, para a parede, a mesa, a janela. Mas ouvia, ah, bem que ouvia!
　　— Boa noite e dê lembranças à família.

Capítulo 15

O REITOR ENSAIAVA: *Sinto-me extremamente aliviado em colocar um ponto-final positivo neste equívoco sobre a bolsa da professora Meire e a acusação de furto.* Repensou: "Não... colocar um ponto-final pode dar a impressão de que eu tive alguma coisa com a acusação em cima do Daveaux". Suspirou, retomou pensamentos e por fim: "*Desfecho favorável*, é isso! Fica melhor".

Tamborilava a caneta sobre a mesa de mogno enquanto aguardava. Fez um apontamento: "Roubo? Furto da bolsa". Encheu de ???????? e leu outra vez. Seria adequado relembrar fatos negativos quando se sentia, sim, "profundamente aliviado", mas por outro motivo? Pela saída voluntária dos meninos Daveaux do Covisbe.

— O padre Leon chegou — anunciou seu assistente.

O reitor assentiu com a cabeça, autorizando a entrada. Virou e torceu a caneta entre os dedos, riscou "Roubo? Furto da bolsa" e todos os pontos de interrogação até restar apenas um borrão ilegível.

Levantou da mesa quando entraram Leon agigantado entre os meninos, os três de braços entrelaçados.

— É um prazer... sinto-me extremamente aliviado em...

Mas Lúcio não esperou pelo discurso, deu a volta e apertou Paul-Jacques num abraço.

— É um prazer também, irmão! Poxa, o senhor deve estar contente em saber das novidades, hein?

— Bem, sim, é sempre bom encontrar um desfecho favorável, entendemos que um equívoco desses...

— Aaaah, mas é claro! — Lúcio se afastou um tanto do reitor. — Um desfecho favorável *também* é bom! Mas eu falo é da mudança de escola.

Paul-Jacques assumiu o sorriso previamente ensaiado.

— Informaram-me do convite e do interesse de vocês sobre a escola da ordem em Presidente Prudente. É um colégio excelente, há cursos profissionalizantes reconhecidos em todo o Brasil. Claro que lamentamos perder alunos brilhantes, mas...

— Puxa, padre, que bom o senhor pensar assim! — prosseguiu Lúcio, destacando-se no diálogo com o reitor. — Porque não vai nos perder, não!

— Co-como?

— Pega leve, né, padre! Aluno excelente, *eu*? Fico aí pela média. Agora o Benja sempre foi danado e ele, sim, vai continuar no Covisbe aqui de São Paulo.

— Ah, é...? Ele continua? — O reitor se virou para Leon. — Mas o senhor não disse que havia um duplo convite para os Daveaux?

— *Oui, monsieur* reitor, um duplo convite. — Leon então explicou em um francês rápido: — Lúcio Daveaux vai cursar o ensino técnico em Veterinária e fazer um estágio nas empresas Bulhões. O senhor Ariovaldo fez o convite pessoalmente e ele mesmo custeará o material e outras despesas, além da bolsa de estudos oferecida pela ordem.

— Ah, sei! — O reitor falou mesmo em português, sentando pesado; disfarçadamente puxou a caneta para mais perto.

— Não é ótimo o Benjamim continuar aqui? — insistiu Lúcio. — Ele tem mais o perfil da sua escola... e ainda fica perto da namorada.

— Hum. A namorada. — Paul-Jacques rodava a caneta de uma mão a outra, pensando em como dar a notícia para o senhor Sposito.

O assunto morreu. Finalmente, o reitor se deu conta do incômodo silêncio e encerrou a conversa:

— Bem, só resta então desejar felicidades para Lúcio Daveaux, que no semestre que vem estará na nossa escola de Presidente Prudente...

— Ahn... — Leon fingiu uma tossidinha embaraçada. — Os meninos organizaram também uma despedida.

— Despedida?

— É, senhor reitor. Eu contei a uns amigos como o senhor gosta dessa música e a gente ensaiou um tempão, até ficar uma beleza! — Lúcio seguiu até a porta e comandou a entrada dos colegas.

Rapidamente, Washington, Douglas e Evandro se puseram diante da mesa. Lúcio, Leon e Benjamim ficaram atrás deles e foi um, dois, três e...

— Frère Jacques, frère Jacques, dormez-vous? Dormez-vous?

A caneta acabou dividida em dois pedaços e o sorriso congelou no rosto do reitor. Mas teve de reconhecer que, depois da terceira repetição, a apresentação fora boa: Washington até encarnava a voz do baixo, e Evandro se mostrava um tenor razoável.

"Preciso avisar rapidinho os irmãos de Prudente da peste que os espera lá na escola", pensou, enquanto encaminhava todos para fora de sua sala e fechava a porta o mais rápido possível, antes que "Frère Jacques" fosse cantada outra vez.

Victoria esperava pelo namorado no pátio, perto do mural das notas semestrais.

— Benja, parabéns! — Ela se atirou no pescoço dele e lhe deu um beijo estalado. — Você ficou em primeiro lugar na média da classe! Estou superorgulhosa de você.

Só depois reparou e cumprimentou os demais:

— Padre Leon, tudo bem? Lúcio... Como foi com o reitor?

— Foi lindo, lindo... — disse Lúcio. — Aquele lá nunca mais se esquece do "Frère Jacques"... nem de mim, eu acho.

— Ah, *mon ami*! — sorriu o padre Leon. — Você é mesmo inesquecível. Será uma pena perder esse meu primo tão especial.

— Perde nada, padre! — comentou Washington. — O senhor está sempre em Prudente a trabalho, fica na casa do meu pai. O Lúcio vai estar hospedado lá.

— O seu pai fez um gesto muito bonito, Washington. — Leon ficou comovido. — Sempre seremos gratos a ele.

— Papai está esperando a gente no estacionamento — disse Washington. — Vamos lá cumprimentar?

Leon concordou e seguiu com Lúcio e Washington.

Douglas e Evandro se viraram para continuar a conversa com o outro Daveaux, mas o beijo dele com a namorada era intenso e tão esquecido do mundo...

— Quer ir até a cantina? — perguntou Douglas para Evandro.

— É, a gente podia tomar uma coca-cola e pegar as notas depois. Tchau, Benja.

— Tchau, Vicki — insistiu Douglas.

Mas que ouvirem, que nada! Vicki e Benjamim só repararam na despedida depois de perderem o fôlego no longo beijo.

— Que vergonha, Benja! — A namorada fingiu dar um tapa nele. — O pessoal saiu e a gente nem notou!

— Depois falamos com eles. Agora quero mesmo é matar a saudade de você.

— Bobo! Nós nos vimos ontem...

— ... e anteontem, e vai se ver amanhã, e depois de amanhã. — Outro beijo, desta vez rápido, o lábio inferior mordiscado feito fruta.

Abraçados, seguiram devagar até o caramanchão.

— Ainda bem que você não vai sair do Covisbe.

— A proposta do pai do Washington é boa. Mas acho que não levo jeito com gado. É mais a cara do Lúcio... E, depois, o que eu faria sem a minha gatinha aqui? — Puxou o corpo dela para perto e Vicki se acomodou nos seus braços feito uma felina. — Ela precisa de cuidados especiais.

— Cuidados de namorado! Miau!

Riram, aconchegaram-se, subiram a alameda, ultrapassaram a capela, sempre muito próximos e abraçados. Estavam a dez passos do caramanchão quando viram umas meninas apagando os cigarros e saindo de lá.

Jânia estava entre elas.

— Será que sua irmã viu a gente?

— Sei lá. Mas não esquente. Ela não vai fazer mais nada contra nós.

— Seu pai deve estar furioso...

— Claro. Mas acho que de certa forma ajudou. Agora a Jânia começa um tratamento sério. Até a Rebeca conversou com ela, todo mundo vai marcar em cima.

Silêncio. Sentaram entre as plantas, só eles no caramanchão. Vicki percebeu o olhar distante dele e perguntou:

— O que foi, Benja?

— Não deixa de ser injusto, não é? Essa história toda aconteceu por causa dela, os roubos, as acusações... E, porque ela é uma Sposito, tá limpo. Fica só na bronca e no tratamento, a vida continua, ela sai dessa numa boa.

Vicki compartilhou o silêncio. Depois, deu um abraço muito forte no namorado.

— É revoltante, eu sei. Se não fosse pelos amigos do seu irmão e pelo pai do Washington, será que meu pai retirava a acusação contra você, saía do meu pé? Será que não ia querer piorar a vida de vocês aqui dentro?

— Preconceito.

— E soberba.

— São pecados sérios, sabia? — disse Benja.

— Eu sei. Mas o que nós podemos fazer é contar essa história, marcar em cima. — Vicki segurou no rosto do namorado. — Se alguma coisa parecida acontecer, não deixar barato.

— Fazer igual a você, Vicki. Não se calar nem intimidar. Ah, Vicki, maravilhosa! Ficou do meu lado, enfrentou preconceito até do pai, eu... — Parou de falar de repente.

— Você?

— Que orgulho tenho de você, Vicki. — Os olhos verdes dele brilharam um tanto a mais.

— Nossa, Benja! — Ela também ficou comovida. — Que papo mais sério.

— Existe algo mais sério do que nossos sentimentos?

E eles se perderam nos olhos um do outro antes que as bocas se caçassem e os beijos recomeçassem, na dança mais linda, a da paixão.

— Benza Deus, hóme, que sempre é um prazer te encontrar, Leon!

O aperto de mão que Ariovaldo Bulhões deu no padre parecia treino de braço de ferro, e não um cumprimento. Os dois eram tão grandalhões e agitados, e tanto se chacoalhavam, que um estranho desconfiaria se aquilo não era briga.
Quando era pura alegria.
— Vai roubar meu priminho! — riu Leon. — Vai fazer do menino um latifundiário?
— Se Deus quiser, o Lúcio ainda conquista mais gado do que eu — provocou o fazendeiro.
— Tem fazenda de gado no Brasil que só funciona em papel, impede reforma agrária — contra-atacou Leon.
Gargalhada.
— Padre, se quer discutir reforma agrária, me acompanhe e vamos até Prudente batendo um bom papo... Por que não? Proteja o seu priminho da minha influência maldosa.
Leon começou a arrumar desculpas, mas Lúcio e Washington também insistiram e ele acabou concordando.
— Enton esperem um pouco, vou fazer a mala...
— Faço companhia até a casa paroquial, tomo um café com o Lucas. — Virou-se para o filho. — Tudo bem, meninos? Esperem aqui pela gente.
Despediram-se e já engataram uma conversa agitada. Os garotos podiam ouvi-los mesmo a distância.
— Amizade de contraste. — Washington apontou para eles. — Meu pai latifundiário adora uma discussão com o padre progressista.
— E a gente? É tanto contraste assim? — Washington se esticou todo e abriu os braços, ampliando o tamanho diante de Lúcio, que riu. — Não falo só de tamanho. Vou morar na casa do seu pai, a gente vai se ver menos...
— Amigos podem ficar anos sem se ver, que não perdem o assunto — concluiu Washington.
— Verdade — concordou Lúcio. E apontou. — Falando em amigos, olha quem vem chegando.
Evandro e Douglas dividiam salgadinhos e novidades do mundo da tecnologia.
Lúcio aproveitou para tirar uma dúvida.
— Vocês não contaram direito como convenceram a Jânia a atacar o celular do Douglas... E se o plano não funcionasse?

Douglas ofereceu as batatas fritas e explicou:
— Quem disse que a gente tinha um plano? Arriscou. Eu sabia das divisórias na sala de estudos, me enfiei por ali achando que ia dar em nada...
— E eu — continuou Evandro — ia só dar um tempo até chamar o Washington.
— A ideia mesmo era tocaiar a Jânia, ver onde ela estava, pra chamar o Washington. Era ele quem devia dar uma prensa nela.
— Nem precisou, que pena! — Washington forçou uma cara de mau. — Ficava bem contente em brigar com alguém, nem que fosse a ladra.
— Pois é — continuou Evandro. — O sentido ladrão dela falou mais alto mesmo. Nem precisou de pressão, ela mesma fez o serviço.
— Chato que o Sérgio escapou. — Lúcio pareceu um tanto decepcionado. — Só saiu da escola.
— A Tati me contou — fofocou Douglas — que o pai do Sérgio ficou com a guarda dele depois dessa confusão toda. Vai mudar de cidade e de escola. E tem mais... Querem ver o que a Tati colocou no site dela?
Douglas sacou o celular, entrou na internet e mostrou o "Novidades da Tati — A hora do Covisbe". Acessou novas teclas e surgiu o som conhecido: a voz furiosa de Sérgio, *Claro que fui eu! Só um cara muito esperto bolaria um plano desses*, com a legenda "Escândalo! Tudo sobre o roubo da bolsa da Meire. Já vai tarde, Sérgio sem-vergonha!".
— A Tati editou um pouco a gravação, pra aliviar a sacanagem da Jânia — explicou Douglas. — Mas, se ela aprontar alguma outra, já viu! Todo mundo fica sabendo quem é a grande ladra do Covisbe.

Capítulo 16

O BARULHO ERA TÃO SUAVE que Edna precisou apurar o ouvido. O papagaio? Estava quieto em seu poleiro na cozinha. Era choro de criança? Mas se Guilherme estava com a avó e os outros nenês na creche improvisada na casa da vizinha. Era uma risada? Mas se Lenira acabara de se despedir, ia pegar o serviço com seu Arruda.

Edna arrumava a mala do Lúcio, conferia algum esquecimento. Sua dispensa médica tinha acabado, mas conseguiu folga no serviço. Era um dia especial. Logo eles chegariam, e Lúcio seguiria com Washington para um tempo de férias em Presidente Prudente, antes de as aulas começarem, dali a duas semanas.

Um sopro leve... Não era possível! Edna se incomodou. Largou a mala, foi até o portão. Nem sinal de carro. Voltou para a casa.

E desta vez identificou uma risada muito fraca.

— Pai...? — Seu coração disparou. — É o senhor?

Viu uma mancha de luz no canto da parede de seu quarto. Pouco maior que um beija-flor, o nariz adunco se destacava no corpo que era só um contorno iluminado.

— Consegui, Edna... mais uma vez.

A filha se aproximou timidamente. Uma reverência diante de aparição tão desnutrida.

— O senhor... o senhor tem uma nova mensagem, pai? Sabe que Lúcio vai embora? Vai ficar tudo bem com ele? Lá em Presidente Prudente?

A luz piscou um pouco, Edna precisou aproximar bem o ouvido para entender alguma coisa.

— *Non* é mensagem, Edna, é adeus. *Misson* acabou. Minha *misson* acabou.

Em meio à bola de luz, Edna distinguia mal e mal o nariz e os olhos de alguém que fora um dia o velho Pi. "Se alguém me vê conversando com uma lâmpada que flutua no ar, me interna como louca", pensou, desconfiada da própria lucidez. Mesmo assim, continuou falando:

— Suas mensagens foram tão estranhas, pai... A história dos caranguejos, pensei que alguém aqui do bairro ia prejudicar os meninos. O senhor falou de carneiros e de covardia, e teve a acusação de roubo. O que o senhor queria dizer, pai?

A bola de luz riu. Isso, riu! Moveu-se no ar e o som cascateante e conhecido fez Edna sentir arrepios. Era familiar e assustador.

— Menina, minha menina... Quem disse que velho Pi *non* tem *razon*? Pense... Mas agora...

— O que foi, pai?

— *Despedir*. — A luz rodopiou com dificuldade e ficou bem diante da mulher.

Edna mordeu os lábios, reconhecendo que encarava fixamente o olhar, por mais brilhante e fantasmagórico que fosse. Mas sem dúvida era o olhar do pai.

— *Perdon*.

— O que o senhor disse?

— Pierre pediu *perdon*.

— O senhor não tem por que pedir perdão, pai. Mesmo quando era irresponsável e aprontava e deixava a gente em apuro, eu... eu sempre soube, pai...

Edna mordia os lábios e se continha para não gritar "Eu o amava, papai". As lágrimas a impediam de enxergar direito, mas ouviu, no último brilho vindo do último segundo que ainda durou a aparição:

— Amo você, filha minha...

E, quando Lúcio, Washington, Ariovaldo, padre Leon e Benjamim chegaram, encontraram Edna soluçando perdidamente, sentada num canto do quarto.

Edna se recompôs o suficiente para oferecer um jantar a todos antes de pegarem a estrada. O próprio Ariovaldo de vez em quando fazia questão de dirigir sua van de oito lugares e não temia longas distâncias. Afinal, 558 quilômetros separavam a capital de São Paulo de Presidente Prudente.

Foi um jantar repleto de emoção, mas também de paz. Falaram do colégio novo, dos novos desafios que aguardavam por Lúcio. Falaram do cotidiano conhecido do Covisbe paulistano, mas nem por isso menos instigante para Benja, agora que sua inocência estava estabelecida, porém...

— Sempre tem gente racista e safada pra fazer armadilha — disse Ariovaldo, prevenindo Benja.

A palavra "armadilha" se destacou e ecoou no cérebro de Edna... Ela se distraiu e depois voltou a prestar atenção na conversa. Ouviu padre Leon dizer:

— Um colega estava na diretoria quando o Sérgio foi conversar com o reitor. Ah! Foi de uma covardia... Era lobo para os garotos que achava fracos. Mas, diante do poder, da autoridade, pfu!, foi um carneirinho.

"Lobo... carneiro...", outras palavras formando eco e, súbito, Edna gritou:

— É isso! A mensagem, é isso!

Na mesa, todos pararam de comer e olharam para ela. Agitada, Edna concluiu:

— Os Sposito, eles eram os caranguejos! O pai de Vicki, com medo de que ela saísse da gaiola, virasse mulher de verdade, com o amor de Benjamim... E os carneiros? Não eram os amigos de Lúcio, eles nunca foram carneiros! Era o Sérgio. Valentia diante do fraco, fraqueza diante do forte. Papai estava certo nas suas mensagens.

— Papai...? Do que a senhora está falando, mãe? — Lúcio espantou-se. — A senhora está falando do vovô? Mas ele...

Silêncio pesado. Edna flagrou o olhar de medo rondando a todos, "Será que a mulher enlouqueceu? Mensagem do falecido?". Então sorriu, pediu desculpas, disfarçou a lágrima.

— Calma, está tudo certo, não me levem assim tão a sério hoje. Meu menino viaja para uma nova vida, o meu outro menino também se realiza com a pessoa que gosta, a vida é maior que qualquer mesquinharia.

Edna ergueu o copo de suco, propôs o brinde e foi seguida pelos outros:

— À vida! Às surpresas que o destino traz... A todas as lutas que mereçam ser levadas em frente...

— À coragem! — As vozes formaram um coro e brindaram ao futuro que valia a pena ser vivido.

Os sonhos de Marcia Kupstas

Nas páginas a seguir, você encontra informações sobre a autora, além de uma entrevista especial.

VIDA FEITA DE HISTÓRIAS

"O que você quer ser quando crescer?"

Toda criança, de hoje ou de ontem, já ouviu essa pergunta um milhão de vezes. Marcia Kupstas sempre soube a resposta. "Meu pai contava que, aos 5 anos de idade, quando eu ainda não sabia ler ou escrever, sentava no colo dele e ditava histórias. E ai dele se depois lesse alguma coisa diferente do que eu havia dito."

A memória da infância revela a vocação da autora que, hoje, integra o time de grandes nomes da literatura infantojuvenil brasileira. Mas o sucesso não veio sem esforço. Quando ainda cursava Letras na Universidade de São Paulo, buscou oportunidades para mostrar seu talento, chegando a publicar contos em diversas revistas. Percebeu que a carreira era mais do que imaginava. "Foi deslumbrante descobrir que o que eu faria de graça pudesse virar profissão."

Essa empolgação a motivou a escrever seu primeiro livro, *Crescer é perigoso*, estruturado em forma de diário de adolescente. O sucesso de público foi tremendo, e logo veio o reconhecimento da crítica: em 1988, levou o prêmio Revelação Mercedes-Benz de Literatura Juvenil.

A partir desse dia, recebeu convites de diversas editoras para transformar outros sonhos em livros. Desde então, publicou mais de cem obras e ganhou diversos prêmios, um currículo que faria brilhar os olhos da pequenina Marcia, que tanto sonhou em um dia fazer parte do mundo das histórias.

SOL, PRAIA E MUITAS LETRAS

Nascida em 1957, Marcia descobriu o gosto pela leitura na infância, incentivada pela mãe, Elisabeth. Nessa época, conheceu a obra de diversos autores, dentre eles Monteiro Lobato, cuja coleção de obras infantis guarda até hoje.

Na faculdade, Marcia participou do grêmio acadêmico e publicou em jornais alternativos. Logo voltou à sala de aula, dessa vez como professora de redação. Aproveitou a oportunidade para disseminar seu amor pela leitura.

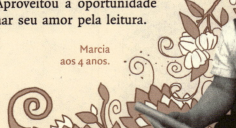

Marcia aos 4 anos.

Aos 14 anos, na cerimônia de formatura do ginásio (que corresponde atualmente ao ensino fundamental 2).

"Acho que o bom de lecionar é isso, dividir a sua paixão pelas histórias para despertá-la nos outros", comenta.

Nessa época, mostrava seus escritos para todo mundo que pudesse lhe dar sugestões e oportunidades. Dentre essas pessoas estava o jornalista José Edward Janczukowicz, com quem se casou e teve dois filhos, Igor e Carla.

Foi ainda como professora que Marcia teve a ideia para sua primeira novela juvenil. Observando seus estudantes, criou a história do tímido Gustavo, o descendente de japoneses que começa um diário para contar suas frustrações, seus amores... A narrativa intimista e franca de *Crescer é perigoso* conquistou o público adolescente, que se identificou com a obra: "Muitas das dúvidas do protagonista certamente fazem eco no coração de milhares de leitores", a autora afirma.

Apaixonada pelos jovens e pela profissão, Marcia não parou mais de escrever, e os diversos títulos que publicou depois seguiram o mesmo caminho bem-sucedido do primeiro — o livro *Eles não são anjos como eu* ganhou o segundo lugar do prêmio Jabuti em 2005.

Ainda realizou outro sonho de sua infância: morar na praia. Hoje ela vive com o segundo marido, Paulo, em Ubatuba, cidade do litoral norte do estado de São Paulo.

Atualmente, Marcia aproveita os dias quentes e tranquilos para curtir a praia e ler. Também trabalha bastante: escreve e revisa seus livros, e ministra palestras e oficinas em feiras de livros pelo Brasil.

Agora que você conhece um pouco mais sobre a vida e a obra de Marcia Kupstas, confira nas próximas páginas uma entrevista especial sobre *Coragem não tem cor*.

MARCIA FALA SOBRE *CORAGEM NÃO TEM COR*

O que a levou a abordar temas tão delicados quanto os vistos em *Coragem não tem cor*?
Um pouco antes de escrever o livro, vivenciei na família atitudes de intolerância e preconceito que muito me chocaram. A gente nunca imagina que pessoas queridas possam agir mal, mentindo, acusando sem provas, exagerando os fatos para magoar quem em hipótese se ama. Pela ocasião, também ministrei aulas num colégio de elite e me estarreci com a hipocrisia entre a teoria e a prática no dia a dia ali. Como uma editora havia me encomendado um livro e ainda não tinha um tema, esse original tomou a forma de denúncia, mesmo sem querer. Depois, me apaixonei por personagens tão fortes e coloquei em suas bocas os temas que tanto me incomodavam.

Ao ler a história, notamos que ela é marcada por certa agressividade. Por que decidiu imprimir esse tom ao texto?
Sejamos sinceros: alunos pobres convivendo harmonicamente em colégio de rico é utopia. Na vida real, acredito que certos valores precisam ser conquistados, ainda mais quando os recém-chegados percebem a animosidade contra eles. Faço minhas as palavras do Lúcio: "Respeito é uma coisa bem cara. Você tem de se dar muito valor pra conseguir respeito".

O reitor do Covisbe afirma não ser racista, mas "realista" quando reflete sobre os irmãos Daveaux e as dificuldades que enfrentarão se forem aceitos na escola. Como avalia esse personagem?
O reitor é realista e é *também* comodista: constata que os Daveaux podem sofrer preconceito, mas não pretende fazer nada para mudar qualquer situação de intolerância que porventura aconteça. Sua solução mais imediata é tentar transferir os Daveaux para outra escola, menos elitista. Ele me parece uma pessoa que se mantém no poder porque administra os problemas sem se aprofundar muito, o tipo que se abstém de incomodar os poderosos. Esse tipo de administrador é mais comum do que pensamos, e não só em escolas: a política está cheia de "inovadores" que mudam, mudam, para, no fundo, não mudarem nada.

Desde o início, Lúcio causa impacto no leitor por causa da intensidade de seus sentimentos. Por que um personagem tão marcado pelo rancor?
Lúcio é rancoroso? Será? Eu jamais o definiria assim. Sem temer o trocadilho, creio que Lúcio seja um dos personagens mais *lúcidos* do romance. Identifica em si mesmo sentimentos negativos, questiona-os, localiza nos outros a hipocrisia de atitudes e a ironiza (adoro o modo como se vinga

do reitor cantando "Frère Jacques", por perceber que o homem detesta a musiquinha infantil), luta por justiça e, quando percebe que julgou mal uma pessoa, é o primeiro a reconhecer o erro. Eu o considero, se não o protagonista, o personagem mais denso em *Coragem não tem cor*.

"A gente nunca imagina que pessoas queridas possam agir mal."

Outro aspecto interessante de Lúcio é que ele se posiciona contra o preconceito, mas podemos dizer que, de certa forma, ele mesmo tem certo preconceito contra o Covisbe e alguns de seus alunos e professores. Como você vê essa questão?

As pessoas tendem a ver o preconceito como uma via de mão única, como se só brancos tivessem preconceito contra negros; ricos contra pobres, e norte-americanos e europeus desconfiassem de latino-americanos, por exemplo... E o contrário? Por que uma família negra aceitaria tranquilamente que o filho namorasse uma branca? Por que não veria a moça como um "problema"? Será que nós, latino-americanos, não temos preconceito contra os "gringos", não desconfiamos de muita gente, indistintamente? Respeitar quem é diferente de nós *sem julgar* é uma das atitudes mais complexas e difíceis de conseguir, mas um passo gigantesco para a convivência pacífica entre pessoas e povos.

O modo como a professora Meire age para encerrar o problema do furto de sua bolsa levanta uma questão ética. O que você acha da atitude dela?

A Meire faz parte do grupo dos professores-cúmplices do Covisbe, aqueles que admiram o peso do sobrenome e a riqueza da família por trás do aluno. No fundo, ela teme que alguém assim seja o responsável pelo furto, e prefere colocar panos quentes no assunto, deixar para lá, do que punir o culpado. Acho que a Meire é uma adulta um bocado confusa no seu papel profissional e pode acabar como "inocente útil" de gente inescrupulosa.

A ideia de narrativa dentro de narrativa é uma forma muito atraente de enriquecer uma história. Em *Coragem não tem cor*, os personagens utilizam esse recurso para transmitir mensagens importantes para a obra. Por que optou por essa forma de expressão?

Adoro fábulas e paráfrases e, como a escola é francesa, poderia colocar textos do fabulista La Fontaine como material de estudo. O caso dos caranguejos do Ártico é verdadeiro: vi em um documentário e achei mais do que oportuno acrescentá-lo ao enredo; afinal, a inveja humana tem um bom paralelo com a atitude dos crustáceos para dividir o destino comum.

"As pessoas tendem a ver o preconceito como via de mão única."

A família de Vicki precisa lidar com diversos problemas, tanto de relacionamento quanto clínicos. Acha que esse cenário justifica a ação de Jânia?

Não justifica totalmente, mas dá um índice de que certos desvios comportamentais têm um pé na doença, não podem ser vistos apenas como maldade da pessoa. Jânia é ansiosa, tem distúrbios alimentares, uma mãe depressiva e distante, um pai que ostensivamente prefere as outras filhas... Então acaba agindo mal para chamar a atenção para si. Estudos demonstram que muitos casos de cleptomania nascem de situações similares.

Uma ideia que fica a respeito da cleptomania de Jânia é que, se ela fosse pobre, seria considerada ladra. Você concorda?

Não é tão simples assim; é uma atitude preconceituosa contra um comportamento doentio, que merece cuidados médicos. Mas certamente uma pessoa carente teria mais dificuldade em conseguir tratamento adequado ou em identificar esse problema como psíquico.

Você acha que o Brasil está se tornando um país menos ou mais preconceituoso? Que posição acredita que devemos tomar diante do preconceito?

Não acho que haja um índice internacional da intolerância, que meça mais ou menos as atitudes dos povos. Acho importante que existam leis — a lei Afonso Arinos, citada no livro, foi um avanço incrível contra manifestações de racismo —, mas também sabemos que a desconfiança contra o diferente faz parte da essência do homem. Vou dar um exemplo pessoal: moro na praia com meu companheiro e, na alta temporada, percebo alguns turistas que nos olham como "caiçaras mal informados". Teve até quem nos mostrasse um pen drive como maravilha tecnológica, enquanto aqui dispomos de parabólica e internet de última geração! Isso é o pré-conceito (que na verdade é um pré-julgamento, ligeiro e superficial) agindo na pessoa. Quando esse desconhecimento descamba para a generalização e o julgamento de que o outro é "menos", é menor, pode ocorrer o desprezo e até o ataque. Aí, sim, é caso de polícia. Um livro como *Coragem não tem cor* é minha pequena contribuição para a discussão de um tema muito sério, muito amplo e sempre muito oportuno.

DESTAQUES DA OBRA DA AUTORA

Crescer é perigoso, 1986
A maldição do silêncio, 1987
O primeiro beijo, 1987
Revolução em mim, 1990
Um amigo no escuro, 1994
O primeiro dia de inverno, 1998
Eles não são anjos como eu, 2004
Coragem não tem cor, 2006
Quem quer ficar, quem quer partir, 2010
Evocação, 2012

Esta obra foi composta nas fontes
Quadraat e Base Twelve, sobre papel
Pólen Bold 90 g/m², para a Editora Ática.